河南科技大学教材出版基金资助

高等学校教材

物理化学实验

张　军　宋帮才　关振民　李国芝　周思凯　编

化学工业出版社

·北京·

本书分为三章，内容分别涉及物理化学实验基础知识、基础物理化学实验、物理化学综合设计实验。在第二章基础物理化学实验中，又分成四个部分，包括化学热力学、电化学、化学动力学、界面化学与胶体化学。全书共有三十一个实验项目，基本上涵盖了物理化学课程的全部内容。尤其是新加的五个综合性实验，具有综合性强、设计要求高的特点，有利于学生对物理化学课程的创新性思考和掌握。

本教材内容充实，涵盖广泛，适合高等学校的化学、化工、环境、制药、材料、生物、农学、林学、食品等专业的学生选作实验教材，也可供物理化学专业的教师参考。

图书在版编目（CIP）数据

物理化学实验/张军等编. —北京：化学工业出版社，2009.8

高等学校教材

ISBN 978-7-122-05841-6

Ⅰ.物… Ⅱ.张… Ⅲ.物理化学-化学实验-高等学校-教材 Ⅳ.064-33

中国版本图书馆 CIP 数据核字（2009）第 100676 号

责任编辑：宋林青　　　　　　　文字编辑：刘志茹
责任校对：陈　静　　　　　　　装帧设计：史利平

出版发行：化学工业出版社（北京市东城区青年湖南街 13 号　邮政编码 100011）
印　　装：北京云浩印刷有限责任公司
787mm×1092mm　1/16　印张 7½　字数 180 千字　2009 年 8 月北京第 1 版第 1 次印刷

购书咨询：010-64518888（传真：010-64519686）　售后服务：010-64518899
网　　址：http://www.cip.com.cn
凡购买本书，如有缺损质量问题，本社销售中心负责调换。

定　价：14.00 元　　　　　　　　　　　　　　　　　　版权所有　违者必究

前　言

　　物理化学是高校化学、化工、环境、制药、材料、食品、农学、林学等专业必修的一门重要基础课程。物理化学实验作为物理化学课程的一个组成部分，它承接了先期开设的无机化学实验、分析化学实验和有机化学实验，构成了传统意义上"四大化学"完整的实验教学体系。物理化学实验的开设，不但有助于强化学生对"深奥"的物理化学理论的理解和掌握，而且对培养学生分析和解决问题的能力具有重要作用。

　　近年来，为了适应新时期经济建设和社会发展的需要，我国高等学校在专业设置、课程规划、教材建设以及教学改革等方面均进行了较大程度的变革，取得了长足进步，物理化学学科的发展和改革当然也不例外。为了更好地适应当前物理化学实验教学的需要，及时跟上实验技术的进步和实验仪器更新换代的步伐，我们在物理化学实验教学中保持与时俱进，不断充实实验内容，优化实验方法，更新实验仪器，总结实验中的经验，在自印版《物理化学实验讲义》的基础上，同时参考其他物理化学实验教材，吸收兄弟院校有益的实践经验，组织骨干教师编写了本套《物理化学实验》教材。

　　本实验教材基本上保持了如下几个特点：①精选实验内容，力求涵盖面较宽，不但适合化学化工专业学生使用，而且对制药、环境、食品、农学、林学等专业同样适用。②尽量吸收反映物理化学实验教学的最新成果，采用先进的实验仪器、装置，更新不合时宜的实验内容。③扩充了综合设计性实验内容，有利于学生综合实验能力的培养和提高。④力求实验内容叙述简洁，压缩篇幅，降低编印成本。

　　本教材的编写采用分工协作完成。其中，河南科技大学的张军同志完成书稿的通读、整理和定稿，并负责编写第一章和附录。洛阳理工学院的关振民同志编写第二章的实验一至实验九；河南科技大学的宋帮才同志编写第二章的实验十至实验十九；河南科技大学的李国芝同志编写第二章的实验二十至实验二十六；洛阳理工学院的周思凯同志编写第三章的实验二十七至实验三十一。

　　虽然编者力求内容完整，概念准确，精益求精，但限于水平，加之时间较紧，不妥之处在所难免，恳请广大读者提出宝贵意见，以便进一步修正和完善。

编　者

2009 年 4 月

目　录

第一章　物理化学实验基础知识 ………………………………………………………………… 1

第一节　物理化学实验的目的与要求 ………………………………………………… 1

第二节　实验数据的处理与误差分析 ………………………………………………… 2

一、误差的分类 …………………………………………………………………………… 2

二、误差的表示方法 …………………………………………………………………… 3

三、偶然误差的统计规律 …………………………………………………………… 4

四、间接测量结果的误差计算 ……………………………………………………… 5

五、测量结果的正确记录和有效数字 …………………………………………… 8

第三节　物理化学实验数据的处理与表达 ………………………………………… 9

一、列表法 ………………………………………………………………………………… 9

二、图解法 ………………………………………………………………………………… 10

三、经验方程式法 ……………………………………………………………………… 11

第四节　物理化学实验安全防护常识 ……………………………………………… 13

一、物理化学实验室基本规则 …………………………………………………… 13

二、安全用电常识 ……………………………………………………………………… 13

三、实验室防毒 ………………………………………………………………………… 14

四、实验室防爆 ………………………………………………………………………… 15

五、汞的安全使用 ……………………………………………………………………… 15

六、高压钢瓶的安全使用 …………………………………………………………… 15

第五节　物理化学实验报告撰写的基本方法 …………………………………… 16

第二章　基础物理化学实验 …………………………………………………………………… 18

第一节　化学热力学 …………………………………………………………………… 18

实验一　燃烧热的测定 ……………………………………………………………… 18

实验二　液体饱和蒸气压的测定 ………………………………………………… 21

实验三　溶解热的测定 ……………………………………………………………… 24

实验四　分解反应平衡常数的测定 ……………………………………………… 27

实验五　溶解平衡分配系数的测定 ……………………………………………… 29

实验六　双液系汽-液平衡相图的绘制 ………………………………………… 31

实验七　二组分简单共熔系统相图的绘制 …………………………………… 34

实验八　差热分析 ……………………………………………………………………… 36

实验九　凝固点降低法测定摩尔质量 …………………………………………… 39

第二节　电化学 ………………………………………………………………………… 42

实验十　离子迁移数的测定 ………………………………………………………… 42

实验十一　原电池电动势的测定 …………………………………… 45

实验十二　铅蓄电池及其电极充放电曲线的测定 ………………… 50

实验十三　铁的极化和钝化曲线的测定 …………………………… 52

实验十四　电势-pH 值曲线的测定 ………………………………… 55

实验十五　电导法测定弱电解质的解离常数及难溶盐的溶解度 … 58

第三节　化学动力学 …………………………………………………… 60

实验十六　蔗糖的转化反应速率常数的测定 ……………………… 60

实验十七　丙酮碘化 ………………………………………………… 65

实验十八　乙酸乙酯皂化反应速率常数及活化能的测定 ………… 68

实验十九　B-Z 振荡反应 …………………………………………… 70

第四节　界面化学与胶体化学 ……………………………………… 74

实验二十　恒温槽的使用与液体黏度的测定 ……………………… 74

实验二十一　溶液表面张力的测定——最大气泡压力法 ………… 80

实验二十二　固体在溶液中的吸附 ………………………………… 83

实验二十三　黏度法测定高分子化合物的相对分子质量 ………… 85

实验二十四　$Fe(OH)_3$ 和 Sb_2S_3 溶胶的制备及聚沉值测定 ……… 89

实验二十五　电泳实验 ……………………………………………… 91

实验二十六　电导法测定离子型表面活性剂的临界胶束浓度 …… 93

第三章　物理化学综合设计实验 …………………………………… 96

实验二十七　食品热值的测定 ……………………………………… 96

实验二十八　三组分液-液体系相图的绘制 ……………………… 97

实验二十九　酸化膨润土的制备及催化活性评价 ………………… 100

实验三十　纳米材料的制备及表征 ………………………………… 103

实验三十一　镍在硫酸溶液中的钝化行为 ………………………… 105

附录 …………………………………………………………………… 109

附表1　物理化学实验常用数据 …………………………………… 109

附表2　水在不同温度下的各种物性数据 ………………………… 110

附表3　一些液体在 25℃时的蒸气压及其计算 ………………… 110

附表4　不同温度下乙醇和苯的密度 ……………………………… 111

附表5　20℃某些液体的表面张力 ………………………………… 111

附表6　不同温度下甘汞电极的电极电位 ………………………… 111

附表7　乙醇水溶液的表面张力 …………………………………… 112

附表8　不同温度下水对空气的表面张力 ………………………… 112

参考文献 ……………………………………………………………… 113

第一章　物理化学实验基础知识

第一节　物理化学实验的目的与要求

物理化学是从物质的物理现象和化学现象的联系入手来探求化学变化基本规律的一门科学，主要研究物质的相变化和化学变化。物理化学实验是物理化学课程教学的一个重要组成部分，它是在先期进行的无机化学实验、分析化学实验、有机化学实验之后，独立开设的一门重要的基础化学实验课程。物理化学实验综合了化学领域各个分支所需要的基本理论、实验工具和研究方法，所涉及的实验研究手段是化学工作者应该掌握的基本技能，因此可以说，物理化学实验对于物理化学课程，乃至整个化学学科的学习都具有非常重要的作用。物理化学实验教学的目的就是让学生掌握物理化学实验的基本技能，培养独立思考、解决实际问题的能力，加深对物理化学基本原理和概念的认识和理解，培养理论与实际相结合的良好作风。同时，培养学生建立实验装置、细致观察实验现象、准确测定实验数据的能力，并能对实验数据进行准确记录和科学的分析、处理，以获得正确的实验结果。

根据物理化学实验的特点，对该课程的学习提出如下几点要求。

（1）加强实验预习　预习就是要对整个实验内容和方法做到心中有数，有的放矢。由于物理化学实验课时长、仪器多以及时间相对较短，故实验课往往采用循环方式安排，为使学生实验时做到思路清晰，操作有条不紊，对实验现象及测量数据做出正确的分析判断，顺利进行实验并取得好的学习效果，加强预习在物理化学实验学习中显得非常重要。学生在实验前一定要认真预习，既要认真仔细阅读实验讲义，明确实验目的和要求，理解实验原理，弄懂实验方法，明确要完成的实验内容，了解仪器的构造、原理和使用方法，还要清楚地知道自己所要测定的数据和操作步骤，并写出预习报告（写在专用的预习报告本上）。预习报告的内容包括：实验名称，实验目的，简要原理，使用的主要试剂和仪器，实验步骤和注意事项，画出实验时要记录数据的表格等。预习时没有弄明白的问题，也要一一记在预习本上，以便在实验时请教老师。有些问题只有通过实验动手操作，观察实验现象，有了一定的感性认识后才能较好地加以理解和掌握。设计性实验还要求学生在实验前查阅大量的相关文献，拟出实验方案，经指导教师检查同意后方能展开实验。实验前老师要检查学生的预习报告，对没有预习报告的学生，老师可以停止其当次实验。

（2）以科学态度，严肃认真地进行实验　学生在动手实验操作前，要认真核对仪器、药品是否齐全，是否合格。若有问题，立即报告。对于不熟悉的仪器和设备，实验前不能随意操作，应听从教师的讲解和指导，并仔细阅读其使用说明书，学会使用后方能独立动手操作，否则容易导致操作失误，损坏仪器。学生在操作过程中要严格控制好实验条件，仔细观察和分析、思考实验现象，善于发现和处理出现的各种问题，做到手脑并用，客观、正确、认真地记录原始数据，不能主观挑选和随意涂改。把实验数据用钢笔写在预习报告留出的表格里，不能随意记在书上或其他纸条上。数据要注明名称和单位，记下测定这些数据的条件，如室温、大气压等。记录的数据交给指导教师检查，不符合要求者要另行安排时间重做实验。实验结束后清理实验台，洗净器皿，保持仪器设施整齐洁净，经指导教师同意后方能离开实验室。实验过程是培养训练学生动手能力和科学素质的最有效的途径之一，每一个实验自始至终要求学生的学习态度要严谨，要勤于动手动脑，掌握好方法要领和操作技能。

（3）做完实验要及时认真地撰写实验报告　实验报告是对当次实验工作的整理和总结，也是向老师汇报实验内容、分析实验结果的基本依据。准确及时地完成实验报告，可有效地锻炼及培养学生分析问题和解决问题的能力。实验报告的写作是物理化学实验教学的一个重要环节，它能使学生在数据处理、作图、误差分析、逻辑思维等方面得到锻炼，能使学生对实验的内容和方法有更好地理解和掌握，是培养和提高学生写作能力的实践过程，为今后撰写毕业论文和科技报告打下良好基础。

实验报告主要涵盖如下内容：实验目的、实验原理、仪器和试剂、实验方法、原始数据、数据处理及结果讨论。特别是针对原理和实验操作部分，在弄懂、吸收和消化的基础上，要用自己的语言加以表达，有时还要画出实验装置图。实验数据尽可能采用表格形式进行表示。需要作图时必须用坐标纸，并标明坐标及图名，也可用计算机来处理数据。还要写出处理数据使用的计算公式，注明公式中的常数值，明确各数值的单位。物理化学实验虽然往往划分小组完成，但实验报告必须每人一份，独立完成，同一小组的测量数据相同，但数据处理的结果和讨论不必完全一样。在报告的最后还可以写一下实验的体会及对实验方法和操作的改进意见等。教师根据学生预习、实验操作与结果、实验报告的优劣等项目，综合评定实验成绩。

第二节　实验数据的处理与误差分析

在物理化学实验中，通常对某一系统的物理变化及化学反应的关系等进行研究，获得系统变化前后某些物理化学性质的测量值，对实验数据加以处理，从中得到重要的规律。由实验直接测得的物理量的值称为测量值，该值受仪器精度、测量方法、实验者主观条件（感官等）等因素的影响，因而一切测量值总是与该物理量的真实值不尽一致，即产生误差（或称偏差），也就是测量值与真值之差。实验的结果经常要用一个或多个数据来表达，该结果往往是用测量值代入公式求出或由测量值作图求出，此结果称为间接测量结果。测量值对间接测量的结果必然产生影响，即间接测量结果必然存在误差。因此，对误差产生的原因及其规律进行研究，就是根据实验的要求，对实验应该和能够达到的精确程度进行分析，在合理的人力、物力支出条件下，经济合理地选择仪器和使用药品，确保实验结果的可靠性，避免浪费。同时，运用误差知识，科学地分析处理数据，对所得数据给予合理解释，抓住影响实验准确程度的关键因素，改进和提高实验的方法和水平，从而使实验结果成为具有更好参考价值的科学资料，这在物理化学实验乃至于整个科学研究中都是非常重要的。

一、误差的分类

根据误差的来源和性质，可把测量误差分为系统误差、偶然误差和过失误差三类。

1. 系统误差

在相同条件下，多次测量同一物理量时，误差的绝对值和符号保持恒定，或在条件改变

2

时，按某一确定规律变化的误差，称为系统误差。产生的原因主要有如下几种。

（1）仪器药品不良引起　如电表零点偏差、温度计刻度不准、药品纯度不够等。

（2）实验方法方面的缺陷　测量方法所依据的理论不完善或引用了不精确的经验公式。

（3）环境方面的影响　使测量数据不是偏大就是偏小。如折射率、旋光度、吸光度等均与温度有关。

（4）操作者的习惯　如观察视线偏高或偏低，对颜色的敏感程度差异。

系统误差可分为不变系统误差和可变系统误差。在整个测量过程中，符号和大小固定不变的误差称为不变的系统误差。例如，天平砝码未经校正；某 100mL 容量瓶的实际容积为 101mL，在使用中由于未加校正而引入固定的 +1mL 系统误差。可变系统误差是随测量值或时间的变化，误差值和符号也按一定规律变化的误差。改变实验条件可以发现系统误差的存在，针对产生的原因可采取适当措施将其消除。系统误差产生的原因不能完全知道。通常可采用几种不同的实验技术，或采用不同的实验方法，或改变实验条件，调整仪器，提高试剂的纯度等，以便确定有无系统误差存在，并确定其性质，然后设法消除或减少之。

2. 偶然误差（随机误差）

在相同条件下多次测量同一量时，误差的绝对值时大时小，符号时正时负，但随测量次数的增加，出现数值相等符号相反的误差的概率相等，其平均值趋近于零，即具有抵偿性，此类误差称为偶然误差。偶然误差也叫随机误差，它产生的原因并不固定，一般是由环境条件的改变（如大气、温度的波动），操作者感官分辨能力的限制等引起。由于各种因素引起的不可预定但具有补偿性的误差，其特点是误差值围绕着某一数值上下有规律地变动，其观测值符合正态分布规律，即呈现对称性、单峰性和有界性的特点。

3. 过失误差

过失误差是因实验者的过失或错误而引起，如读取数值出现错误、写错记录、计算出错等。过失误差不属于测量误差范畴，无规律可循，但只要工作仔细，加强责任心就可以避免。防止过失误差还可以用校核法，即用别的方法或仪器对测量值进行近似测量，以判断正式测量的数据是否合理。发现有过失误差，测量值应该从结果中剔除。过失误差在测量中应尽力避免。

系统误差与偶然误差之间虽有本质的不同，但也有联系，在一定条件下二者可以互相转化。实际上，常把某些具有复杂规律的系统误差视为偶然误差，采用统计的方法来处理。不少系统误差的出现均带有随机性。例如，在用天平称量时，每个砝码都存在着大小不等的系统误差。这种系统误差的综合效果，对每次称量是不相同的，它具有很大的偶然性。因此，在这种情况下，也可把这种系统误差作为偶然误差来处理。

对于按准确度划分等级的仪器来说，同一级别的仪器中，每个仪器具有的系统误差是随机的，或大或小，或正或负，彼此都不一样。如一批容量瓶中，每个容量瓶的系统误差不一定相同，它们之间的差别是随机的。这种误差属于偶然误差。当使用其中某一个容量瓶时，这种随机的偶然误差又转化为系统误差。通过校核可确定其系统误差的大小，如不加校核或未被发现，仍然当偶然误差处理也是常有的事。有时，系统误差与偶然误差的区分也取决于时间因素。在短时间内基本不变的系统误差，但时间一长，则可能出现随机变化的偶然误差。

二、误差的表示方法

1. 算术平均误差 δ

算术平均误差一般用下式来表示：

$$\delta = \frac{\sum\limits_{i=1}^{n} |d_i|}{n} \tag{0-1}$$

式中，$d_i = x_i - \bar{x}$，表示测量值 x_i 与算术平均值 $\bar{x}$ 的偏差；$\bar{x} = \frac{1}{n}\sum\limits_{i=1}^{n} x_i$；$n$ 表示测量次数。

2. 标准误差（均方根误差）σ

标准误差用下式表示：

$$\sigma = \sqrt{\frac{\sum\limits_{i=1}^{n} d_i^2}{n-1}} \tag{0-2}$$

式中，各字母的表达意义与 δ 相同。

3. 或然误差 P

$$P = \pm 0.675\sigma \tag{0-3}$$

以上三种误差之间，存在如下关系：
$$P : \sigma : \delta = 0.675 : 1.00 : 0.799$$

从上述关系可知，σ 在三种误差中最大，所以一般采用 σ 来表示误差。

4. 测量的精密度与准确度

精密度和准确度是实验测量中经常出现的概念，前者是指测量值的再现性和有效数字的位数，是反映偶然误差大小的程度，精密度高，偶然误差就小。测量数据再现性好，有效数字位数多时精密度就高。准确度是指测量结果的正确性，表示与真实值的偏离程度，准确度与系统误差和偶然误差有关。在一组测量中，尽管精密度很高，但准确度不一定很好。也就是说，高的精密度并不一定能保证有高的准确度，但高的准确度必须有高的精密度作保证。精密度常用平均误差、标准误差以及或然误差来表示。

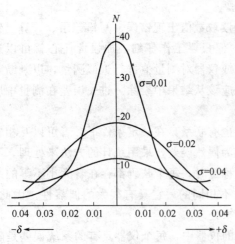

图 0-1　偶然误差正态分布曲线

三、偶然误差的统计规律

在消除测量的系统误差和过失误差之后，测量的误差就只有偶然误差了。

1. 偶然误差的正态分布

偶然误差是一种由不确定的偶然因素引起的微小波动，其符号时正时负，其值可大可小。但是，若实验条件相同，对同一物理量进行重复的大量测量，会发现偶然误差的大小和符号受某种误差分布（一般指正态分布）的概率性规律支配，这样的规律称为误差定律。如果用大量重复测量的数据作图，以横坐标表示偶然误差（算术平均误差）δ，纵坐标表示各偶然误差出现的次数 N，则可得到图 0-1 所示的曲线。图中每一条曲线表示用同一种方法在相同条件下对同一个量进行多次测量的结果。如果测量的条件不同或者所用方法不一样，那么就会得到不同形状的分布曲线。从图 0-1 可以看出，误差分布具有很好的对称性，即正负误差出现的概率相等，因此多次重复测量的算术平均值是被测之量的最佳代表值。从各条曲线还可以看出，小误差出现的次数比大误差出现多，误差的绝对值不超过某一界限。同时，曲线的形状与测量的精密度也有关系，精密度愈高，即 σ 值越小，误差分布曲线就越尖锐，表明标准误差 σ 完全可以用于表征测量精度。

2. 可疑测量数值的取舍

在具体测量过程中，常发现某些数据比较分散，明显地比其他值要大或要小，如果加以保留，也许计算出的误差将较大，对此，人们倾向于将这些数据舍弃，以便获得较好的计算结果。但是，这种任意舍弃不合心意的数据是不够科学的。应该说，对于此类数据，既不能轻易保留，也不可贸然舍弃，而是需要用科学的方法进行判断后，再来决定取舍。首先应检查这些数据在测量时有无过失，如果没有过失所致的误差，则只能根据误差理论来决定这些数据的取舍。

从概率理论可知，误差大于 3σ 的测量值出现的概率只有 0.3%。所以，在一组相当多的数据中，误差大于 3σ 的数据才可考虑舍弃。当测量的平均值落在 $x\pm3\sigma$ 范围内，则可认为有 99% 的可靠性。

还有一个简单的判断方法，即略去可疑测量值后，计算其余各测量值的平均值及算术平均误差 δ，然后算出可疑测量值与平均值的偏差 d，如果出现 $d\geqslant4\delta$，那么此可疑值可以舍弃，这是因为这种测量值存在的概率大约只有千分之一。当一个测量值与另一或更多的测量值相同时，也不能舍弃，此外，还需注意舍弃的测量值不能大于数据总数的 1/5。

四、间接测量结果的误差计算

大多数实验的最后结果都是间接的数据，因此，个别测量的误差，均会在最后的结果甲体现。对几个物理量进行测量后，然后通过函数关系加以运算，才能得到所需的结果，这就称为间接测量。在间接测量中，每个直接测量值的精密度都会影响最后结果的精密度。如果事先预定最后结果的误差限度，即各个直接测量值可允许的最大误差，则可由此决定如何选择适当精密度的测量工具。下面分别讨论从直接测量结果的误差来计算间接测量结果的平均误差和标准误差的方法。

1. 间接测量结果的平均误差

平均误差是指绝对误差和相对误差。设直接测量值的数据为 x 和 y，其微分为 dx 和 dy，而最后结果为 u，其函数关系可表示为

$$u=u(x,y)$$

取微分
$$du=\left(\frac{\partial u}{\partial x}\right)_y dx+\left(\frac{\partial u}{\partial y}\right)_x dy$$

假设各个测量值的绝对误差（Δx，Δy）很小，可代替它们的微分（dx，dy），并考虑误差积累而取其绝对值，那么 u 的绝对误差为

$$\Delta u=\left(\frac{\partial u}{\partial x}\right)_y |\Delta x|+\left(\frac{\partial u}{\partial y}\right)_x |\Delta y| \tag{0-4}$$

u 的相对误差为
$$\frac{\Delta u}{u}=\frac{1}{u(x,y)}\times\left\{\left(\frac{\partial u}{\partial x}\right)_y |\Delta x|+\left(\frac{\partial u}{\partial y}\right)_x |\Delta y|\right\} \tag{0-5}$$

由于数学上有 $dN/N=d\ln N$，对于适合取对数的场合，可先取对数后微分，这样就可以直接得到相对误差。表 0-1 列出了部分函数的平均误差。

表 0-1 部分函数的平均误差

函 数 关 系	绝 对 误 差	相 对 误 差
$u=x+y$	$\pm(\mid\Delta x\mid+\mid\Delta y\mid)$	$\pm\left(\dfrac{\mid\Delta x\mid+\mid\Delta y\mid}{x+y}\right)$
$u=x-y$	$\pm(\mid\Delta x\mid+\mid\Delta y\mid)$	$\pm\left(\dfrac{\mid\Delta x\mid+\mid\Delta y\mid}{x-y}\right)$
$u=xy$	$\pm(x\mid\Delta y\mid+y\mid\Delta x\mid)$	$\pm\left(\dfrac{\mid\Delta x\mid}{x}+\dfrac{\mid\Delta y\mid}{y}\right)$
$u=x/y$	$\pm\left(\dfrac{y\mid\Delta x\mid+x\mid\Delta y\mid}{y^2}\right)$	$\pm\left(\dfrac{\mid\Delta x\mid}{x}+\dfrac{\mid\Delta y\mid}{y}\right)$
$u=x^n$	$\pm(nx^{n-1}\mid\Delta x\mid)$	$\pm\left(n\dfrac{\mid\Delta x\mid}{x}\right)$
$u=\ln x$	$\pm\left(\dfrac{\mid\Delta x\mid}{x}\right)$	$\pm\left(\dfrac{\mid\Delta x\mid}{x\ln x}\right)$

下面用一个例题对上述误差计算加以充分说明。如凝固点降低法是测量溶质相对分子质量的常用实验方法，其中溶质相对分子质量表达式为：$M_B=\dfrac{K_f\cdot m_B}{(T_f^*-T_f)\cdot m_A}$。实验中直接测量的数值有 m_B、m_A、T_f^*、T_f。如果溶质质量 $m_B=0.3$g，在分析天平上的绝对误差 $\Delta m_B=0.0002$g；溶剂质量 $m_A=20$g，在托盘天平上称量的绝对误差 $\Delta m_A=0.05$g；凝固点用贝克曼温度计测量，精密度为 $0.002℃$，对溶剂的凝固点 T_f^* 进行三次测量，其测量值分别为：$5.800℃$、$5.790℃$、$5.804℃$。用同样方法，对溶液凝固点 T_f 测量三次，其测量值分别为：$5.500℃$、$5.504℃$、$5.495℃$。计算实验中所测溶质相对分子质量的相对误差。

解：
$$\overline{T_f^*}=\frac{5.800+5.790+5.804}{3}℃=5.798℃$$
$$\Delta T_f^*(1)=\mid 5.798-5.800\mid=0.002$$
$$\Delta T_f^*(2)=\mid 5.798-5.790\mid=0.008$$
$$\Delta T_f^*(3)=\mid 5.798-5.804\mid=0.006$$

平均绝对误差

$$\overline{\Delta T_f^*}=\pm\frac{0.002+0.008+0.006}{3}=\pm 0.005$$

同样的方法可求得 $\overline{T_f}=5.500℃$，$\overline{\Delta T_f}=\pm 0.003$，则凝固点降低值为

$$\Delta T_f=\overline{T_f^*}-\overline{T_f}=(5.798\pm 0.005)-(5.500\pm 0.003)=0.297\pm 0.008$$

由以上数据得到的各测量值的相对误差分别为

$$\frac{\Delta(\Delta T_f)}{\Delta T_f}=\frac{0.008}{0.297}=2.70\times 10^{-2}$$

$$\frac{\Delta m_B}{m_B}=\frac{0.0002}{0.3}=6.67\times 10^{-4}$$

$$\frac{\Delta m_A}{m_A} = \frac{0.05}{20} = 2.50 \times 10^{-3}$$

所测溶质相对分子质量 M_B 的相对误差为：

$$\frac{\Delta M_B}{M_B} = \frac{\Delta m_B}{m_B} + \frac{\Delta(\Delta T_f)}{\Delta T_f} + \frac{\Delta m_A}{m_A}$$

$$= \pm(6.67 \times 10^{-4} + 2.70 \times 10^{-2} + 2.50 \times 10^{-3})$$

$$= \pm 0.03$$

以上计算结果表明，利用凝固点降低法测相对分子质量，最大的测量误差来源于温度差，其相对误差取决于测温的精度和温差的大小。增加溶质可使凝固点降低增大，能增大温差，但这违背了公式要求的稀溶液条件，理论上是不允许的。实际实验中，为了避免因过冷现象而影响温度读数，有时加入少量固体作为晶核，反而能获得较好的结果。由此可见，实验前进行误差分析，可事先了解所测物理量的误差及其影响因素，指导人们选择正确的实验方法，选用精密度适当的仪器，抓住测量的关键，得到较好的实验结果。

2. 间接测量结果的标准误差

设直接测量的数据为 x 和 y，其函数关系为：$u = u(x, y)$，则函数 u 的标准误差为

$$\sigma_u = \sqrt{\left(\frac{\partial u}{\partial x}\right)_y^2 \sigma_x^2 + \left(\frac{\partial u}{\partial y}\right)_x^2 \sigma_y^2} \tag{0-6}$$

部分函数的标准误差列于表 0-2 中。

表 0-2　部分函数的标准误差

函数关系	绝对标准误差	相对标准误差
$u = x \pm y$	$\pm\sqrt{\sigma_x^2 + \sigma_y^2}$	$\pm\dfrac{1}{x \pm y}\sqrt{\sigma_x^2 + \sigma_y^2}$
$u = xy$	$\pm\sqrt{y^2\sigma_x^2 + x^2\sigma_y^2}$	$\pm\sqrt{\dfrac{\sigma_x^2}{x^2} + \dfrac{\sigma_y^2}{y^2}}$
$u = x/y$	$\pm\dfrac{1}{y}\sqrt{\sigma_x^2 + \dfrac{x^2}{y^2}\sigma_y^2}$	$\pm\sqrt{\dfrac{\sigma_x^2}{x^2} + \dfrac{\sigma_y^2}{y^2}}$
$u = x^n$	$\pm nx^{n-1}\sigma_x$	$\pm\dfrac{n}{x}\sigma_x$
$u = \ln x$	$\pm\dfrac{\sigma_x}{x}$	$\pm\dfrac{\sigma_x}{x\ln x}$

同样用另外一个例题加以阐述。如溶质的相对分子质量 M 可由溶液的沸点升高值 ΔT_b 来确定。设苯为溶剂，萘为溶质。用贝克曼温度计测得纯苯的沸点（T_b^*）为（2.975 ± 0.003）℃，溶液的沸点（T_b）为（3.210 ± 0.003）℃，而溶液中含苯（87.0 ± 0.1）g（m_A），含萘（1.054 ± 0.001）g（m_B）。试由下列公式计算萘的相对分子质量并估算其标准误差：

$$M = 2.53 \times \frac{1000 m_B}{m_A \Delta T_b}$$

解：$\Delta T_b = T_b - T_b^* = (3.210 \pm 0.003)℃ - (2.975 \pm 0.003)℃ = (0.235 \pm 0.006)℃$

由函数的标准误差公式可得

7

$$\sigma_M = \sqrt{\left(\frac{\partial M}{\partial m_B}\right)^2 (\sigma_{m_B})^2 + \left(\frac{\partial M}{\partial m_A}\right)^2 (\sigma_{m_A})^2 + \left(\frac{\partial M}{\partial \Delta T_b}\right)^2 (\sigma \Delta T_b)^2}$$

$$\left(\frac{\partial M}{\partial m_B}\right) = \frac{2.53 \times 1000}{m_A \Delta T_b} = \frac{2.53 \times 1000}{87.0 \times 0.235} = 124$$

$$\left(\frac{\partial M}{\partial m_A}\right) = \frac{2.53 \times 1000 m_B}{\Delta T_b} \times \frac{1}{m_A^2} = \frac{2.53 \times 1000 \times 1.054}{0.235 \times 87.0^2} = 1.50$$

$$\left(\frac{\partial M}{\partial \Delta T_b}\right) = \frac{2.53 \times 1000 m_B}{m_A} \times \frac{1}{\Delta T_b^2} = \frac{2.53 \times 1000 \times 1.054}{87.0 \times 0.235^2} = 555$$

$$\sigma_M = \sqrt{124^2 \times 0.001^2 + 1.50^2 \times 0.1^2 + 555^2 \times 0.006^2} = 3.3$$

$$M = 2.53 \times \frac{1000 \times 1.504}{87.0 \times 0.235} = 130$$

萘的相对分子质量最后应表示为：130±3。

五、测量结果的正确记录和有效数字

物理量的测量数值不仅能反映出量的大小、数据的可靠程度，而且还反映了仪器的精确程度等问题。当对一个测量的量进行记录时，所记数字的位数应与仪器的精密度相符合，即所记数字的最后一位为仪器最小刻度以内的估计值，称为可疑值，其他几位为准确值。这样一个数字称为有效数字，它的位数不可随意增减。例如，普通50mL的滴定管，最小刻度为0.1mL，则记录27.55mL是合理的，而记录成27.5mL或27.556mL都是错误的，因为它们分别缩小和放大了仪器的精密度。为了方便地表达有效数字位数，一般用科学记数法记录数字，即用一个带小数的个位数乘以10的相当幂次表示。例如0.000667可写为6.67×10^{-4}，有效数字为三位；10670可写为1.0670×10^4，有效数字是五位。用以表达小数点位置的零不计入有效数字位数。因此，物理量的每一位数值都是有实际意义的。

有效数字的位数可以指明测量值精确的程度，它包括测量中可靠的几位和最后估计的一位数。任何一次直接测量的结果，都会记录到所用仪器刻度的第一位估计数，所得结果每位具体数字都视为"有效数字"。

在间接测量中，须通过一定公式对直接测量值进行运算，运算中对有效数字位数的取舍应遵循如下规则。

(1) 误差（绝对误差和相对误差）一般只取一位有效数字，最多两位。

(2) 有效数字的位数越多，数值的精确度也越大，相对误差越小。如 (1.35±0.01)g 为三位有效数字，相对误差为0.7%；而 (1.3500±0.0001)g 为五位有效数字，相对误差为0.007%。

(3) 任何一物理量的数值，其有效数字的最后一位，在位数上应与误差的最后一位划齐。例如：(1.35±0.01)g 是正确的，若记成 (1.351±0.01)g 则夸大了结果的精确度，若记成 (1.3±0.01)g 则缩小了结果的精确度。

(4) 为了明确地表明有效数字，一般常用指数标记法，因为表示小数位置的"0"不是有效数字，如：1234，0.1234，0.0001234，都是四位有效数字。但遇到1234000时，却很难判断后面的三个"0"是有效数字，还是表明小数位置的"0"。为了避免这种困难，可将上列各数记作 1.234×10^3，1.234×10^{-1}，1.234×10^{-4}，1.234×10^6，这样标记就可说明它们都是四位有效数字。

(5) 如果第一位的数值大于或等于8，则有效数字的位数可以多算一位，如9.23虽然

实际上只有三位有效数字，但在运算时可以看做四位有效数字。

（6）有效数字运算规则

① 在舍弃不必要的数字时，应采用四舍五入原则。

② 在加减运算时，各数值小数点后所取的位数与其中最少者相同。例如：

0.12	按四舍五入改写为		0.12
12.237			12.24
＋）1.5646			＋）1.56
			13.80
21.25	按四舍五入改写为		21.25
－）5.2234			－）5.22
			16.03

③ 在乘除运算中，所得积或商的有效数字，应以各值中有效数字位数最少的值为标准。如：

$$2.3 \times 0.524 = 1.2$$
$$1.578 \times 0.0182 \div 81 = 3.55 \times 10^{-4}$$

式中 81 的有效数字为 2 位，但其第一位数等于 8，故有效数字增加一位，所以上式的结果可取三位有效数字。

④ 作对数运算时，对数尾数部的位数与各值的有效数字相当或多一位。

⑤ 计算平均值时，如参加平均的数值有四个以上，则平均值的有效数字可多取一位。

第三节　物理化学实验数据的处理与表达

物理化学实验通常是在一定的条件下，测定出若干个物理量，然后用计算、作图的方式获得所需结果。实验数据的处理和表达一般有列表法、图解法、经验方程式法和计算机处理法。下面简单介绍常用的三种方法。

一、列表法

把实验数据分为自变量和因变量，按照一定规律，使之一一对应地排列成表格，让人一目了然。经过计算和科学整理，分析和阐明某些实验结果的规律性，对实验结果进行相互比较，是数据处理方法中最为简单的一种。列表时应注意下列事项。

（1）表格要有序号，还要有一个简明而又完整的名称。

（2）每一行（或列）的第一栏要写明代表这些数值的物理量、单位，并除以单位，即：数值=物理量/单位，如 T/K，p/MPa，V/m^3 等。

（3）表格中的数据应该用最简单形式表达，公共的乘方因子应记在第一栏，与物理量符号相乘。数值=乘方因子×（物理量/单位）。

（4）每行每列的数字排列要整齐，小数点对齐，有效数字要取正确。数值为零记为 0，数值空缺时应记为横划线。

（5）原始数据与数据处理结果可并列在一张表上，把处理方法和运算公式在表下注明。表中数据如系取自文献手册，也应注明出处。表 0-3 为液体饱和蒸气压实验数据，以作示例。

表 0-3　液体饱和蒸气压实验数据

$t/℃$	T/K	E/kPa	$p=p'-E$	$1/T$	$\lg(p/p^{\ominus})$
19.95	293.10	95.67	4.73	0.003412	0.6749
24.90	298.05	94.64	5.76	0.003355	0.7604
29.80	302.95	92.5	7.9	0.003301	0.8976
34.60	307.75	89.97	10.43	0.003249	1.0183
39.27	312.42	86.95	13.45	0.003201	1.1287
43.87	317.02	82.75	17.65	0.003154	1.2467

注：本次实验测定的大气压数值 $p'=100.4kPa$。

二、图解法

用图解法表达实验结果，可以形象地表达出数据的变化特点，清楚地显示出所研究物理量的变化规律，如极大、极小、转折点、周期性等重要性质。可以利用图形作切线，求面积，有时还可以用作图外推、内插、求积分和微分等。借助图形，还便于数据的分析比较和进一步求得函数关系的数学表达式。下面简单介绍作图方法的要点。

1. 坐标纸及坐标标度的选择

物理化学实验中大多数情况下均采用直角毫米坐标纸，偶尔也用对数坐标纸。用直角坐标纸作图时，以自变量为横轴，因变量为纵轴。坐标的标度不一定从零开始。坐标轴上标度的比例影响曲线形状，选择不当，将使曲线的特殊部分不明显，直接影响实验结果和结论的正确。标度比例的选择应遵循以下原则：①能够表示出全部有效数字，以使作图法求出的物理量与测量精度相适应。②坐标轴上刻度一般选 1，2，5 和它们的倍数，不宜选 3，7，9 和它们的倍数。③若所作图线是一条直线，则标度比例的选择应使直线接近于 $45°$ 为好。

2. 画坐标轴

选定标度比例后，画上坐标轴。在横轴下端和纵轴左端中部注明该轴所代表的变量名称，并除以单位。按标度比例每隔一段距离标出变量的值，标出的数值应与原数据有效数字位数相同。指数因子要乘在变量上，使之符合下式：

$$数值＝乘方因子×（物理量/单位） \tag{0-7}$$

3. 标数据点

将实验测得数据标绘于坐标图中。数据点可采用 ▲、●、× 等形式来代表。在一张图上绘两条以上曲线时，每条线上的代表点应以不同符号加以区别并加图注说明。代表点所用符号的大小应粗略地反映误差的大小。

4. 绘制曲线

作出各个数据点后，将各点连成光滑曲线。各数据点应均匀分布在曲线两侧邻近，但不一定必须画在曲线内，或者更确切地说，要使所有代表点离开曲线距离的平方和为最小，使之符合"最小二乘法原理"。

5. 规范写图名

曲线作好后，还应在图上注上图名、编号及主要测量条件。

6. 图的应用

完整精确的图形可以提供很多有用的信息。如表达变量间的相互关系；求出极值和拐点；外推求值；求函数的微商（图解微分）；求导数函数的积分值（图解积分法）；求经验方程式等。

三、经验方程式法

当一组实验数据用列表法和图形法表达后，常需要进一步用方程式或经验公式将变量关系关联起来。一组实验数据用方程式表示出来，不但表达方式简单、紧凑，记录方便，而且也便于求微分、积分或内插值。经验方程是客观规律的一种近似描述，它为理论探讨提供了线索和依据。许多经验方程中的系数与某个物理量相对应，因此，为了求得某物理量，将实验数据归纳总结成经验方程也是很有必要的。

在某些情况下可根据理论或经验来确定数学模型。有时则先将实验数据在坐标纸上标绘成曲线，再将其与有关公式的典型曲线相对照来选择适当的函数式。为了检验所选函数式的正确性，通常采用直线化检验法。所谓直线化就是将函数 $y=f(x)$ 转换成线性函数。要达到这个目的，可选择新的变量 $X=\psi(x,y)$ 和 $Y=\phi(x,y)$ 来代替变量 x 和 y，便可得直线方程式

$$Y = A + BX \tag{0-8}$$

表 0-4 中列出几个常见的例子。

表 0-4 几个常见的方程式例子

方程式	变换	直线化后得到的方程式
$y = a\mathrm{e}^{bx}$	$Y = \ln y$	$Y = \ln a + bx$
$y = ax^b$	$Y = \lg y, X = \lg x$	$Y = \lg a + bX$
$y = \dfrac{1}{a+bx}$	$Y = \dfrac{1}{y}$	$Y = a + bx$
$y = \dfrac{x}{a+bx}$	$Y = \dfrac{x}{y}$	$Y = a + bx$

检验的方法是按新变量 (X, Y) 在直角坐标纸上作图，如果数据点在一直线上或接近一直线，即表明所选函数式适合用来表达所研究的变量间的规律。然后由直线的斜率和截距很容易求得方程式中的系数和常数。

采用作图法求直线方程的系数和常数最为简单，适用于数据较少且不十分精密的场合，在物理化学实验中用得最多。例如表示液体或固体饱和蒸气压 p 随温度 T 变化的 Clausius-Clapeyron 方程的积分形式为 $\ln p = -\dfrac{\Delta H_{\mathrm{m}}}{R} \times \dfrac{1}{T} + B$，$\ln p$ - $\dfrac{1}{T}$ 图是直线，由直线斜率 $\left(-\dfrac{\Delta H_{\mathrm{m}}}{R}\right)$ 可求得摩尔汽化热或摩尔升华热。

用最小二乘法处理数据能使实验数据与数学方程获得最佳拟合。其理论依据是使残差的平方和为最小。下面以直线方程 $y = mx + b$ 的拟合为例，来说明最小二乘法的应用。残差的定义为

$$\delta_i = b + mx_i - y_i \qquad (i = 1, 2, 3, \cdots, n) \tag{0-9}$$

$$\Delta = \sum_{i=1}^{n} \delta_i^2 = \sum_{i=1}^{n} (b + mx_i - y_i)^2 = \text{最小} \tag{0-10}$$

式中，x_i，y_i 为已知实验数据；b，m 为未知数。根据求极值的条件，应有

$$\begin{cases} \dfrac{\partial \Delta}{\partial b} = 2 \displaystyle\sum_{i=1}^{n} (b + mx_i - y_i) = 0 \\[3mm] \dfrac{\partial \Delta}{\partial m} = 2 \displaystyle\sum_{i=1}^{n} x_i (b + mx_i - y_i) = 0 \end{cases}$$

亦即

$$
\begin{cases}
nb + m\sum_{i=1}^{n} x_i = \sum_{i=1}^{n} y_i \\
b\sum_{i=1}^{n} x_i + m\sum_{i=1}^{n} x_i^2 = \sum_{i=1}^{n} x_i y_i
\end{cases}
$$

解联立方程式可得 m 和 b 值

$$
m = \frac{\sum x_i \sum y_i - n\sum x_i y_i}{(\sum x_i)^2 - n\sum x_i^2} \tag{0-11}
$$

$$
b = \frac{\sum x_i y_i \sum x_i - \sum y_i \sum x_i^2}{(\sum x_i)^2 - n\sum x_i^2} \tag{0-12}
$$

数理统计的相关分析可以定性地告诉人们哪些因素关系密切，同时还可以定量地指出各因素的变化关系。用相关系数可以衡量各因素关系的密切程度，相关系数 $r = \pm 1$，说明两个变量 (x, y) 之间有线性函数关系；$r = 0$，说明 (x, y) 之间无依存关系；r 在 $0 \sim 1$ 之间，说明 x 与 y 之间有依存关系但不是直线关系。实验中用相关系数 r 来衡量各点偏离直线的程度。

$$
r = \frac{\sum_{i=1}^{n} \Delta x_i y_i}{\sqrt{\sum_{i=1}^{n} (\Delta x_i)^2 \sum_{i=1}^{n} (\Delta y_i)^2}} \tag{0-13}
$$

式中，$\Delta x_i = x_i - \dfrac{1}{n}\sum_{i=1}^{n} x_i$，$\Delta y_i = y_i - \dfrac{1}{n}\sum_{i=1}^{n} y_i$。

例：已知一组直线关系的 $x - y$ 数据如下：

| x | 0.03 | 0.95 | 2.04 | 3.11 | 3.96 | 5.03 | 5.99 | 7.01 | 8.10 |
| y | -3.01 | -0.97 | 0.96 | 3.08 | 4.86 | 7.11 | 9.03 | 10.93 | 13.23 |

试求 $y = mx + b$ 中的常数 m、b 及相关系数 r。

解：根据已知的 9 组 x，y 值，列出表 0-5，求得需要的各项数据。

表 0-5　9 组 x，y 值数据

n	x_i	y_i	x_i^2	y_i^2	$x_i y_i$	Δx_i	Δy_i	$(\Delta x_i)^2$	$(\Delta y_i)^2$
1	0.03	-3.01	0.0009	9.0601	-0.0903	-3.99	-8.03	15.9201	64.4809
2	0.95	-0.97	0.9025	0.9409	-0.9215	-3.07	-5.99	9.4249	35.8801
3	2.04	0.96	4.1616	0.9216	1.9584	-1.98	-4.06	3.9204	16.4836
4	3.11	3.08	9.6721	9.4864	9.5788	-0.91	-1.94	0.8281	3.7636
5	3.96	4.86	15.6816	23.6196	19.2456	-0.06	-0.16	0.0036	0.0256
6	5.03	7.11	25.3009	50.5521	35.7633	1.01	2.09	1.0201	4.3681
7	5.99	9.03	35.8801	81.5409	54.0897	1.97	4.01	3.8809	16.0801
8	7.01	10.93	49.1401	119.4649	76.6193	2.99	5.91	8.9401	34.9281
9	8.10	13.23	65.6100	176.3584	107.5680	4.08	8.21	16.6464	67.4041
Σ	36.22	45.22	206.35	471.95	303.81	$\sum \Delta x_i y_i = 121.42$		62.58	245.41

由最小二乘法公式得

$$m = \frac{36.22 \times 45.22 - 9 \times 303.81}{36.22^2 - 9 \times 206.35} = 2.008$$

$$b = \frac{303.81 \times 36.22 - 45.22 \times 206.35}{36.22^2 - 9 \times 206.35} = -3.049$$

所得直线方程为：$y = 2.008x - 3.049$

由相关系数公式得：$r = 121.42/(62.58 \times 245.41)^{1/2} = 0.9798$

第四节　物理化学实验安全防护常识

开展物理化学实验，确保实验安全非常重要。因为物理化学实验常常潜藏着诸如发生爆炸、着火、中毒、灼伤、割伤、触电等事故的危险。如何来防止这些事故的发生，以及万一发生又如何来急救，这些知识是每一个化学实验工作者必须具备的，在先行的化学实验课中均已反复地做了介绍。这里主要结合物理化学实验的特点，重点介绍安全用电、使用化学药品等安全防护知识。

一、物理化学实验室基本规则

① 实验时应遵守操作规程，遵守一切安全措施，保证实验安全进行。

② 遵守纪律，不迟到，不早退，保持室内安静，不大声谈笑，不到处乱走，不许在实验室内嬉闹，更不许吃零食。

③ 使用水、电、煤气、药品试剂等时都应本着节约原则。

④ 未经教师允许不得乱动仪器装置，如发现仪器损坏，立即报告指导教师并追查原因。特殊仪器需向教师领取，完成实验后及时归还。

⑤ 随时注意室内整洁卫生，纸张等废物只能丢入废物缸内，不能随地乱丢，更不能丢入水槽，以免堵塞。实验完毕后将玻璃仪器洗净，把实验桌打扫干净，把所用仪器、试剂、药品整理好。

⑥ 实验时要集中注意力，认真操作，仔细观察，积极思考，实验数据要及时地记录在实验卡片上，不得涂改和伪造，如有记错，可在原数据上画一杠，再在旁边记下正确值。

⑦ 实验结束后，由同学轮流值日，负责打扫整理实验室，检查水、煤气、门窗是否关好，电闸是否拉掉，以保证实验室的安全。严格遵守实验室规则是保持良好环境和工作秩序、防止意外事故发生、做好实验的重要前提，也是培养学生优良的科研素质、独立工作能力及创新能力的重要保障。

二、安全用电常识

物理化学实验室使用电器较多，特别要注意安全用电。违规用电可能造成损坏仪器设备、引起火灾，甚至人身伤亡等严重事故。

1. 防止触电

科学研究证实，人体内通过 50Hz 的交流电 1mA 就有感觉，10mA 以上使肌肉强烈收缩，25mA 以上则呼吸困难，甚至停止呼吸，100mA 以上则使心脏的心室产生纤维颤动，直至死亡。直流电在通过同样电流的情况下，对人体的损失虽然稍小但也相差不远，防止触电要注意以下几项。

（1）操作电器时，手必须干燥，因为手潮湿时，电阻显著减小，易引起触电。不要直接接触绝缘不好的通电电器。

（2）一切电源裸露部分都应有绝缘装置（电开关应有绝缘匣，电线接头裹以胶布、胶管），所有电器设备的金属外壳应接上地线。

（3）已损坏的接头或绝缘不良的电线应及时更换。

（4）修理或安装电器设备时，必须先切断电源。

（5）不能用试电笔去试高压电。

（6）如果遇到有人触电，应首先切断电源，因此应该清楚电源的总闸在什么位置。

2. 谨防电器短路

保险丝型号必须严格按照用电器规定的电流量进行匹配，否则长期通过超负荷的电流时，易于引起火灾或其他严重事故。使用功率很大的仪器，应该事先计算电流量。

在换接保险丝时，应先拉开电闸，不能在通电时连接。

为防止短路，应避免电源两端的直接接触，避免电线间的摩擦。电线或电器应尽可能不受水淋或浸在导电的液体中。电路中各个接触部位要牢固可靠。

3. 防止电器着火

除上面谈到的负荷过大易引起火灾之外，如果室内充有大量的氢气、乙烯等易燃气体，由于电器火花的点燃也会引起火灾。电火花经常在电插头的插拔过程中、触电器工作时以及开、关电闸时发生，为防止电器着火应该注意如下事项。

（1）按允许的最大电流安装保险丝，保证电路中的电线不能过细。

（2）负荷大的电器应安装较粗的电线，两条电线间的距离不要太近。

（3）电线接头要结合严密，包扎牢固，生锈的仪器或接触不良处要及时处理，以免电火花产生。

（4）在继电器上可以联一个电容器，减弱电火花。

（5）室内经常通气，排除易燃气体，以免着火爆炸。

（6）禁止高温热源靠近电线，防止火灾。

万一着火应首先拉开电闸，切断电路，再用一般方法灭火。如无法拉开电闸，则须用沙土或液体 CO_2 灭火，绝不能用水或泡沫灭火器来灭电火，因为这些液体能导电。

三、实验室防毒

大多数化学药品都具有不同程度的毒性。毒物可通过呼吸道、消化道和皮肤进入人体内，因此防毒的关键是要尽量地杜绝毒物进入人体。

（1）实验前应了解所用药品的毒性、性能和防护措施。

（2）操作有毒气体或药品（如 H_2S、Cl_2、NO_2、浓盐酸、氢氟酸等）应在通风橱中进行。

（3）苯、CCl_4、乙醛、硝基苯等的蒸气会引起中毒，虽然它们都有特殊气味，但吸久后会使人嗅觉减弱，必须严加警惕。

（4）有些药品（如苯、汞）能穿过皮肤进入体内，应避免直接与皮肤接触。

（5）高汞盐 $[HgCl_2，Hg(NO_3)_2]$、可溶性钡盐（$BaCO_3$，$BaCl_2$）、重金属盐（铬盐，镉盐，铅盐等）的毒性较大，应妥善保管。

（6）不得在实验室内喝水、抽烟、吃东西。饮食用具不得带到实验室内，以免毒物沾染，离开实验室时要洗净双手。

四、实验室防爆

可燃气体与空气混合，当两者比例达到爆炸极限时，受到热源（如电火花）等诱发，就会引起爆炸。使用可燃性气体时，要防止气体逸出，保持室内通风要良好。操作大量可燃性气体时，严禁同时使用明火，还要防止发生电火花及其他撞击火花。有些药品如叠氮铝、乙炔银、乙炔铜、高氯酸盐、过氧化物等受振动和受热都易引起爆炸，使用时要特别小心。严禁将强氧化剂和强还原剂放在一起。久藏的乙醚使用前应除去其中可能产生的过氧化物。进行容易引起爆炸的实验，实验室应该设有防爆措施，如防爆电器、防爆灯等，谨防爆炸隐患。

五、汞的安全使用

在常温下汞可逸出蒸气，吸入人体会引起严重毒害。一般汞中毒可分为急性与慢性两种。急性中毒多由高汞盐入口而得（如吞入 $HgCl_2$），普通情况下 0.1～0.3g 即可致死。汞蒸气可引起慢性中毒，其症状为食欲不振，恶心，大便秘结，贫血，骨骼和关节疼痛，神经系统衰弱。引起以上症状的原因，可能是由于汞离子与蛋白质起作用，生成不溶物而妨害生理机能。

汞蒸气的最大安全浓度为 $0.1mg \cdot m^{-3}$。而 20℃时汞的饱和蒸气压力为 0.0012mmHg（1mmHg＝133.322Pa），比安全浓度大一百多倍，若在一个不通气的房间内，而又有汞直接暴露于空气中，就有可能使空气中汞蒸气超过安全浓度。所以，必须严格遵守下列安全用汞操作规定。

（1）不准有直接暴露于空气中的汞，在装有汞的容器中应在汞面上加水或其他液体覆盖。

（2）一切倒汞操作，不论量多少一律在浅瓷盘上进行（盘中装水），在倾去汞上的水时，应先在瓷盘上把水倒入烧杯，然后再把水倒入水槽。

（3）装汞的仪器下面一律放置浅瓷盘，使得在操作过程中偶然掉出的汞滴不至于散落桌上或地面。

（4）实验操作前应检查仪器安放处和仪器连接处是否牢固，橡皮管或塑料管的连接处一律用铁丝绑牢，以免在实验时脱落使汞流出。

（5）倾倒汞时一定要缓慢，不要用超过 250mL 的大烧杯盛汞，以免倾倒时溅出。

（6）储存汞的容器必须是结实的厚壁玻璃器皿或瓷器，以免由于汞本身的重量而使容器破裂。如用烧杯盛汞不得超过 30mL。

（7）若万一有汞掉落地上、桌上或水槽等地方，应尽可能用吸汞管收集起来，再用能生成汞齐的金属片（Zn，Cu）在汞溅落处多次扫过，最后用硫黄粉覆盖在有汞溅落的地方，并摩擦之，使汞变成 HgS，亦可用 $KMnO_4$ 溶液使汞氧化。

（8）擦过汞齐及极谱分析用毛细管的滤纸或布块必须放在有水之瓷缸内。

（9）一切敞口装有汞的仪器应避免受热，汞应放在远离热源之处。

六、高压钢瓶的安全使用

（1）钢瓶应存放在阴凉、干燥、远离热源（如阳光、暖气、炉火等）的地方。

（2）搬运钢瓶时要轻、稳，要把瓶帽旋上放置。使用时必须牢靠，固定好。

（3）钢瓶使用时要用气压表（CO_2，NH_3 可例外），一般可燃性气体的钢瓶气门螺纹是反扣的（H_2，C_2H_2），不燃性或助燃性气体的钢瓶气门螺纹是正扣（如 N_2，O_2），各种气压表不得混用。

（4）绝不可以让油或其他易燃性有机物沾染在气瓶上（特别是出口和气压表）。也不可用麻、绵等物堵漏，以防燃烧引起事故。

（5）开启气门时应站在气压表的另一侧，不许把头或身体对准气瓶总阀门，以防万一阀门或气压表冲击而引起人身危险。

（6）使用气瓶时注意瓶身上漆的颜色及标字，避免混淆。表 0-6 为我国气瓶常用标记颜色。

表 0-6　气瓶常用标记颜色

气体类别	瓶身颜色	标字颜色	气体类别	瓶身颜色	标字颜色
氮	黑	黄	二氧化碳	黑	黄
氧	天蓝	黑	氯	草绿	白
氢	深绿	红	石油气体	灰	红
压缩空气	黑	白	其他一切可燃气体	红	白
氨气	黄	黑	其他一切不可燃气体	黑	黄

第五节　物理化学实验报告撰写的基本方法

每次做完物理化学实验，学生们都要认真、详细地规整实验内容，处理实验数据，并及时地撰写实验报告，上交指导老师。实验报告是对实验工作的整理和总结，也是指导老师检查学生实验效果的重要依据。实验报告的质量在很大程度上反映了学生的实验水平和能力。实验报告的写作是物理化学实验教学的一个重要环节，它能使学生在数据处理、作图、误差分析、逻辑思维等方面得到综合训练和提高，帮助学生对实验内容和方法更好地理解和掌握，是培养和提高学生科技写作能力的实践过程，为今后写毕业论文和科技报告打下良好基础。

实验报告应包括实验目的、简明原理、实验仪器、药品和实验条件、实际操作步骤、数据处理、结果讨论、误差分析及参考资料等。其中数据处理和结果的分析、讨论是实验报告的核心部分，这部分内容应反映出学生经过实验所获得的结论、心得体会，对于实验结果和实验现象的分析、归纳和解释。鼓励学生进一步深入进行该实验的设想，提出改进意见。

实验数据尽可能采用表格形式表示。作图必须采用坐标图纸，并标明坐标及图名，绘制曲线要尽量用曲线板，也可用计算机进行处理。还要写出处理数据使用的计算公式，注明公式中的常数值，注意各数值的单位。物理化学实验往往要分小组完成，但实验报告必须每人一份，独立完成，同一小组的测量数据相同，但数据处理的结果和讨论不应一样。实验报告虽然有固定的格式，但每个人都有自己的撰写风格。哪些方面写详细，哪些方面写简略，根据不同的实验内容，不同的人看问题的角度有所不同。总体要求为，字迹清晰，文笔流畅，条理分明，逻辑严谨。

一份好的物理化学实验报告应该符合实验目的明确、原理清楚、数据真实准确、作图合理、结果正确、讨论深入和报告完整等要求。物理化学实验教学在向学生进行理论和实验辩证关系教育的同时，还应注重学生实验过程中的技能训练和实验后的数据处理，使他们养成既重视理论又重视实践的科学作风。

实验报告的基本要求如下。

（1）必须在规定时间内独立完成实验报告，由课代表统一交指导教师。

（2）报告内容包括实验目的、简单的实验原理、原始数据、结果处理、分析实验结果及回答思考题。

（3）实验结果分析是报告中的重要一项，主要是对实验时所观察到的重要现象、实验原理、操作、实验方法的设计以及误差来源进行讨论，也可以对实验提出改进或建设性意见。

（4）实验报告经指导教师批阅后，如认为有必要重做者，应在指定时间补做，不经指导教师许可，不能随意自行补做实验。

以下以通常必开的实验项目"燃烧热的测定"为例，来说明实验报告的一般格式。

燃烧热的测定

姓　　名：_____　　班号：_____　　同组人：_____

实验日期：_____　　天气：_____　　成绩：_____

成绩	预习	操作	卫生	纪律	报告	总分	指导教师	批改报告教师

一、实验目的

二、实验原理

三、实验仪器与药品

四、实验步骤

五、实验数据处理（列出详细的计算步骤）

六、思考题

七、对本实验的建议和要求

第二章　基础物理化学实验

第一节　化学热力学

实验一　燃烧热的测定

一、实验目的

1. 了解弹式量热计的构造和原理，掌握其使用方法。
2. 巩固 Q_p、Q_V、ΔU、ΔH 的概念及有关计算。
3. 学会用雷诺曲线校正温度的改变值。

二、实验原理

本实验是物理化学中的经典实验，所用的弹式量热计是较精确的仪器，在生产实践中常把煤、煤矸石等固体粉碎，再用本仪器测定它们的热值，以确定它们的质量和用途。也可以把液体装在可以燃烧的胶囊中，放在弹式量热计中测定热值。

燃烧热是指 1mol 物质在指定温度下，与氧气进行完全燃烧，生成规定产物时放出的热量。生成规定产物通常是指碳元素变成二氧化碳，氢元素变成液体水，硫元素变成二氧化硫，氮元素变成氮气。如果没有生成规定产物，就不是完全燃烧。本实验如发现氧弹内有炭黑出现，就说明没有完全燃烧，测到的热量也不是燃烧热，实验失败。在等容条件下测得的燃烧热称为等容燃烧热，符号为 Q_V；在等压条件下测得的燃烧热为等压燃烧热，符号为 Q_p，它们与反应的焓变 ΔH、热力学能变 ΔU 的关系是：

$$Q_V = \Delta U \tag{1-1}$$

$$Q_p = \Delta H \tag{1-2}$$

$$\Delta_r H_m = \Delta_r U_m + RT \sum_B \nu_B(g) \tag{1-3}$$

式中，$\Delta_r H_m$ 为摩尔反应焓变；$\Delta_r U_m$ 为摩尔反应热力学能变；T 为反应温度。

本实验中燃烧反应在氧弹内进行，氧弹体积不变，反应前后气体分子数发生变化，压力也随之变化，因此测到的是等容热，而不是等压热。弹式量热计的构造如图 1-1 所示，基本原理是把一定量的萘，放在燃烧皿中燃烧，放出的热量使仪器本身和氧弹周围的水介质温度升高。系统为内桶以及内桶中的水、氧弹、药品、燃烧丝等。为了减少系统与环境的热交换，仪器采用了水夹套和空气绝缘层，内桶配有绝热盖板，实验时，夹套中的水温与环境一致。加入内桶的水应比环境低 1~2℃，反应中内桶温度略有升高，这样测量的内桶水温与夹套的水温接近，散失的热量就很少了。准确测出温度变化就可以算出燃烧热。由于系统几乎不向外散热，也不做功，可看作是隔离系统，有：

$$\Delta U = \frac{m}{M} Q_{v,m} + l Q_l + K \Delta T = 0 \tag{1-4}$$

式中，m 为待测物质的质量；M 为待测物质的摩尔质量；$Q_{v,m}$ 为待测物质的摩尔等容燃烧热；l 为已燃烧的燃烧丝长度；Q_l 为单位长度燃烧丝燃烧后放出的热量；K 为量热计系统的热容。

仪器的 K 值可以用苯甲酸测定，苯甲酸是已知燃烧热的热化学标准物质，$\Delta_r H_m^\ominus$（苯甲酸，s,298.15K）= −3226.7kJ·mol^{-1}，Q_l 由厂商提供。称取一定量的苯甲酸，放在量热计中燃烧，测出 ΔT，就可以通过式(1-4)求出 K。

三、仪器与试剂

仪器：弹式量热计 1 套，数字式贝克曼温度计 1 支，万用表 1 个，台秤 1 台，电子天平 1 台，1000mL 容量瓶 1 个，2000mL 容量瓶 1 个，压片机 1 台，直尺 1 把，秒表 1 个。

试剂：燃烧丝，苯甲酸（分析纯），萘（分析纯）。

四、操作步骤

若仪器的 K 值已经测定，按下面方法测定萘的燃烧热；若 K 值没有测定，先按下面方法用苯甲酸测出 K，再测萘的燃烧热。

1. 样品称量与压片

把压片机清理干净，取一根燃烧丝用直尺量其长度，用电子天平准确称其质量，再弯曲成 Ω 形放入压片机中，两端露出。用台秤粗称 0.8g 左右的萘，也放入压片机中一同压成片，压片时用力要适当，用力太大，药片太实，容易燃烧不完全；用力太小，药片太松，容易破碎。压片后用药匙轻轻敲击药片几下，以除去药片上易脱落的碎屑。用电子天平准确称量。药品实际质量应为药片质量与燃烧丝质量之差。

2. 把药片装入氧弹

把氧弹内壁和燃烧皿壁清理干净，把氧弹盖子放在专用的架子上，把药片中燃烧丝的两端固定在两个极上，使药片悬挂在燃烧皿中，注意药片不宜与燃烧皿接触面过大，否则容易与氧气接触少而燃烧不完全。用万用表测量电路是否接通，若不通，可能是药片中的燃烧丝被压断或与电极接触不良，应重新准备。若电路畅通，将盖子拧紧。

3. 充氧

打开氧气瓶减压阀，用充氧仪先充入 0.5MPa 左右的氧气，用放气阀放掉氧气，这样可排除氧弹中的空气。再充入 1.5～2.0MPa 氧气。取下氧弹，关闭氧气瓶总阀，再打开减压阀，放掉减压阀与总阀之间的氧气，关闭减压阀。

用万用表再次检查氧弹两极电路是否通畅，若不通，应先放掉氧气，再打开氧弹排除故障。放掉氧气前一定不能打开氧弹，否则会出危险。

4. 连接仪器

把氧弹放入内桶，连接好两极。往内桶加水，加入内桶的水温应低于水夹套 1～2℃。在冬天，可在自来水中加冰块，调节水温。在其他季节，打开自来水龙头，放掉管子中温度较高的水，待水温低于夹套

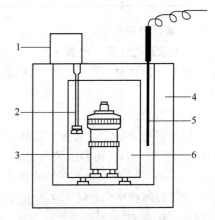

图 1-1 弹式量热计的构造

1—控制器；2—搅拌器；3—氧弹；

4—水夹套；5—数字式温度计；

6—内桶

1～2℃时，可直接取用。用容量瓶取3000mL水加入内桶，此时水正好淹没弹盖。盖上绝热盖板时要注意不要使搅拌器与氧弹碰撞。插入数字式贝克曼温度计。仪器装置如图1-1所示。

5. 温度记录与点火

点火前每30s记一次温度，共记10次。

按动点火按钮点火，点火成功的标志有2个：一是点火按钮上方的指示灯熄灭，表示燃烧丝已经烧断；二是温度上升明显加快，说明药品已经燃烧。注意点火过程中时间记录不要中断。

点火后每15s记一次温度，到温度上升明显变慢后，再记15次。点火后共记30次以上。

6. 检查

先拔掉贝克曼温度计，再打开桶盖，取出氧弹。氧弹中有很高压力，马上打开会有危险，一定要先给氧弹放气，再打开氧弹。打开后检查氧弹内壁和燃烧皿中有无残渣或黑灰，若有，说明燃烧不完全，实验失败，要重做；若无，量一下没有燃烧的燃烧丝长度。

五、数据记录与处理

1. 数据记录（见表1-1）

室温：_____   萘的质量：_____   燃烧丝总长：_____

剩余燃烧丝长度：_____   水夹套中的水温：_____

表1-1   内桶温度记录

时间 t/s	温度 T/K	时间 t/s	温度 T/K	时间 t/s	温度 T/K	时间 t/s	温度 T/K

2. 数据处理

（1）ΔT 的计算　尽管采用了许多措施，但仍然不能完全避免系统与环境之间的热量交换，由于这种热量交换的存在，不能用温差测定仪准确读出 ΔT，雷诺曲线能较好地进行温度校正。

根据实验数据，作 T-t 图，如图1-2所示。

图中实线 $ABCDE$ 为按实验数据画出的 T-t 图，其中 AB 为点火前的曲线。虚线 BB' 为 AB 的外推线。DD' 为 DE 的外推线。F 所示的温度为室温。过室温作水平线交曲线于 C。过 C 作垂线 LM 分别交两条外推线于 B' 和 D'。B' 和 D' 两点间所示的温度差即为 ΔT。

也可以不作 FC 虚线，在作虚线 LM 时，使得三角形 CDD' 和三角形 CBB' 面积基本相等即可。B' 和 D' 两点间所示的温度差仍为 ΔT。

用雷诺曲线进行温度校正时，量热计和室温的温差应控制在3℃以内。若温差太大，系统与环境之间的热交换随之变大，将增大实验误差。

（2）K 和 ΔT 的计算　用苯甲酸做实验时，根据式（1-4）可以推出仪器的热容 K 的计

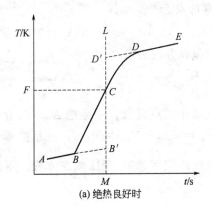
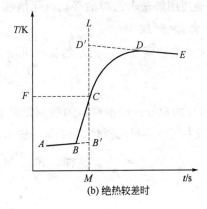

(a) 绝热良好时　　　　　　　　　(b) 绝热较差时

图 1-2　雷诺温度校正图

算公式如下：

$$K = -\frac{\frac{m}{M}Q_{V,m} + lQ_l}{\Delta T} \qquad (1-5)$$

式中，$Q_{V,m}$ 为苯甲酸的等容摩尔燃烧热。

用萘做实验时，
$$Q_{V,m} = -\frac{M(K\Delta T + lQ_l)}{m} \qquad (1-6)$$

等压热 $Q_{p,m}$ 可根据式 (1-2) 和式 (1-3) 进行换算。

现在，数字式温度计都可以与电脑连接，温度校正、K、Q_V、Q_p 的计算都可以由电脑完成。以上介绍的数据处理是传统的方法。

六、思考题

1. 量热计中哪些是系统？哪些是环境？
2. 使用氧气瓶和氧弹时，在安全方面有哪些注意事项？
3. 实验数据记录到什么程度合适？
4. 本实验中测得的是等容热还是等压热？它们之间如何换算？

七、实验注意事项

1. 氧气瓶充满气体时，压力相当于大气压的 160 倍左右，且氧气极易引起其他物质燃烧或爆炸，必须加倍小心。氧气瓶要与量热计分室放置，氧气瓶要固定在墙上，防止倾倒。操作者手上不能沾有油脂，以免燃烧。不能在氧气瓶附近敲击其他物体，以免产生火花。

2. 开启氧气瓶阀门时，人不要站在出气口前，头不要在氧气瓶头之上。

3. 充满氧气时，氧弹的压力相当于大气压的十几倍，氧气大大过量，燃烧完毕后氧弹内压力仍很高。高压下绝对不要打开氧弹，一定要充分放气后才能打开。

4. 氧气瓶压力不能低于 1.5MPa，否则氧气太少，无法使用。

实验二　液体饱和蒸气压的测定

一、实验目的

1. 初步掌握真空泵和压力计的使用方法。
2. 测定不同温度下乙醇的饱和蒸气压。

3. 学会用图解法求乙醇的平均汽化焓和正常沸点。

二、实验原理

纯液体的饱和蒸气压随温度的变化可用克拉佩龙方程表示：

$$\frac{\mathrm{d}p}{\mathrm{d}T} = \frac{\Delta_{vap} H_m}{T \Delta_{vap} V_m} \tag{2-1}$$

式（2-1）的积分比较困难，为使问题简化，可作三点近似，一是把 $\Delta_{vap} H_m$ 近似看作常数；二是因为气体体积比液体大得多，故 $\Delta_{vap} V_m = V_{m,g} - V_{m,l} \approx V_{m,g}$；三是把蒸气近似看作理想气体，有 $V_{m,g} = \frac{RT}{p}$。这样，式（2-1）就变成克劳修斯-克拉佩龙方程，不定积分形式为：

$$\ln p = -\frac{\Delta_{vap} H_m}{RT} + C \tag{2-2}$$

式中，C 为积分常数。克劳修斯-克拉佩龙方程的定积分形式为：

$$\ln \frac{p_2}{p_1} = -\frac{\Delta_{vap} H_m}{R} \left(\frac{1}{T_2} - \frac{1}{T_1} \right) \tag{2-3}$$

本实验中，采用静态法测定乙醇的饱和蒸气压，装置如图 2-2 所示，其中的平衡管如图 2-1 所示。乙醇在平衡管中蒸发为气体，A 管和 C 管中气体的压力就是乙醇在一定温度下的饱和蒸气压。我们把 B 管液面调整到与 C 管液面相同，这时 B 管的压力与 C 管相同，压力计显示的 B 管压力等于 C 管压力，也就是说，压力计显示的是乙醇的饱和蒸气压。实验中必须把 A 管和 C 管中的空气排净，保证 A 管和 C 管中气体都是乙醇气体。如果 A 管和 C 管有空气，则测到的压力就不是乙醇的饱和蒸气压，而是乙醇气体和空气的总压力。

三、仪器与试剂

仪器：压力计 1 台，真空泵 1 台，抽滤瓶 1 个，恒温槽 1 台，数字式温度计 1 台，平衡管 1 个。

试剂：无水乙醇（分析纯）。

四、操作步骤

1. 加料

如图 2-1 所示，在平衡管中加入无水乙醇，A 管中乙醇的体积占 2/3，B 管和 C 管也要有适量乙醇。

2. 仪器组装

按图 2-2 组装仪器，恒温槽自带的温度计一般不太准确，且离平衡管太远，最好再插入一支数字式温度计，位置最好在 A 管和 B 管附近。

3. 检验气密性

打开真空泵，减压 10cm 水银柱左右，关闭活塞，如果装置漏气则水银柱高差会减小。若水银柱高差不变，说明不漏气。

4. 排除空气

开启恒温槽，将温度调到 30℃，打开真空泵，降低压力使乙醇沸腾。这时空气和乙醇蒸气一道被抽出平衡管，乙醇蒸气在冷凝管中又变为液体流下来，空气则被抽出。3～5min 后空气可基本排除。

5. 调节平衡管液面

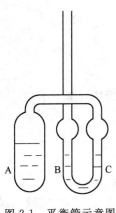

图 2-1　平衡管示意图

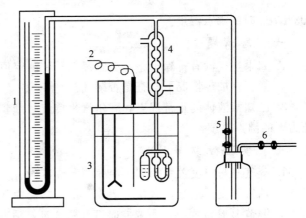

图 2-2　测定液体饱和蒸气压装置

1—U形压力计；2—数字式温度计探头；3—恒温槽；

4—冷凝管；5—进气活塞；6—至真空泵

由于压力变化，平衡管的 B 管和 C 管液面不可能相同，可通过微调进气阀，使 B、C 管液面相同。将两个进气活塞先打开 1 个立即关闭，再打开另 1 个立即关闭。这样反复几次，就可使 B 管液面改变。原理是，若 B 管上方压力过大，气体可先进入两个进气活塞之间的管道，然后排出。若 B 管上方压力过低，微量空气可先进入两个活塞之间的管道，然后进入 B 管。注意不要同时打开 2 个进气活塞，否则就会进入大量空气，又需要重新排空气。

6. 数据的读取

恒温 3min，若平衡管中 B 管和 C 管液面仍相同，就在数字式温度计上读取温度，在 U 形压力计上读出压力差。

7. 测定其他温度下的蒸气压

将温度分别调整到 35℃、40℃、45℃、50℃、55℃、60℃，排气至沸腾，重复 5 和 6 的步骤。

五、数据记录与处理（表 2-1）

室温：_____　　　大气压力：_____

表 2-1　数据记录

温度/K		压力计读数/Pa			压力	
T	$\dfrac{1}{T}$	左侧读数	右侧读数	读数差	蒸气压/Pa	$\ln p$

根据式(2-2)，作 $\ln p - \dfrac{1}{T}$ 图，根据斜率求出摩尔汽化焓，再根据式(2-2)，求出乙醇在 103325Pa 时的沸点温度。

六、思考题

1. 如果空气没有排除干净，实际蒸气压比测定值大还是小？
2. 能否在加热情况下检查是否漏气？
3. 已知某液体的正常沸点和摩尔汽化焓，且摩尔汽化焓为常数，怎样计算它在 200kPa 压力下的沸点温度？

七、实验注意事项

1. 蒸气压与温度关系密切，温度测定要准确。
2. 抽气速度要适当，太快会造成大量乙醇变为气体被抽走，B 管液面下降。
3. 调节 B 管液面时，不要同时打开两个进气活塞，以免大量空气进入，影响实验结果。

实验三　溶解热的测定

一、实验目的

1. 巩固溶解热的基本知识。
2. 测定硝酸钾的溶解热。

二、实验原理

晶体的溶解可分为两个过程：过程一是晶格的破坏，过程二是离子的溶剂化。例如：KNO_3 在水中溶解，在过程一中，晶体变成 K^+ 和 NO_3^-；在过程二中，两种离子溶剂化。晶格的破坏是放热过程，离子的溶剂化是吸热过程，它们放热和吸热的代数和，决定了整个溶解过程是吸热还是放热。

溶解过程在等压条件下进行，$\Delta H = Q_p$。

溶解热分为积分溶解热和微分溶解热。积分溶解热指将 1mol 溶质溶于一定量溶剂，形成一定浓度的溶液时的热效应。微分溶解热指将 1mol 溶质溶于大量浓度一定的某溶液时的热效应。微分溶解热是一个偏微分量，可用 $\left(\dfrac{\partial Q}{\partial n_2}\right)_{T,p,n_1}$ 表示，其中 n_1 为溶剂物质的量；n_2 为溶质物质的量。

本实验中，KNO_3 的溶解是吸热过程，怎样测出它吸热的多少呢？KNO_3 溶解使系统温度下降，再通入电流，使系统温度回升，根据升温过程求出系统的热容。

$$C = \frac{Q_{升}}{\Delta T_{升}} = \frac{IUt}{\Delta T_{升}} \tag{3-1}$$

式中，C 为系统的热容；$Q_{升}$ 为升温过程的热量；$\Delta T_{升}$ 为升温过程的温度变化；I 为电流强度；U 为电压；t 为通电时间。

再用 C 求出降温过程中 KNO_3 放出的热量，即积分溶解热。

$$\Delta H_m^{\ominus} = \frac{C \Delta T_{降}}{n_{KNO_3}} \tag{3-2}$$

如果 $\Delta T_{降} = \Delta T_{升}$

则有

$$\Delta H_m^{\ominus} = \frac{IUt}{n_{KNO_3}} \tag{3-3}$$

做若干次实验，每次实验 n_1 相同，n_2 不同，测出 $\Delta H_m^\ominus$，用 $\dfrac{n_2}{n_1}$ 表示浓度，作 $\Delta H_m^\ominus$-$\dfrac{n_2}{n_1}$ 图。图 3-1 为 H_2SO_4 在水中的积分溶解热，显然这是一个放热过程。由该图可以解决 3 个问题。

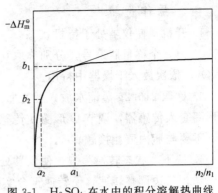

图 3-1　H_2SO_4 在水中的积分溶解热曲线

$$a_1 - \left(\frac{n_2}{n_1}\right)_1 ; \quad a_2 - \left(\frac{n_2}{n_1}\right)_2 ;$$
$$b_1 - -\Delta H_{m,1}^\ominus ; \quad b_2 - -\Delta H_{m,2}^\ominus$$

1. 求积分溶解热

如图 3-1 中，当把 1mol 溶质配制成浓度为 $\left(\dfrac{n_2}{n_1}\right)_1$ 的溶液时，曲线对应的纵坐标为溶质的积分溶解热的负值 $-\Delta H_{m,1}^\ominus$。

2. 求微分溶解热

如图 3-1 中，作切线。切线的斜率的负值为对应浓度时的微分溶解热 $\left(\dfrac{\partial Q}{\partial n_2}\right)_{T,p,n_1}$。

3. 求稀释热

把含有 1mol 溶质的溶液从 $\left(\dfrac{n_2}{n_1}\right)_1$ 稀释到 $\left(\dfrac{n_2}{n_1}\right)_2$ 时，稀释热 $\Delta H_m^\ominus = \Delta H_{m,2}^\ominus - \Delta H_{m,1}^\ominus$。

三、仪器与试剂

仪器：SWC-RJ 溶解热实验装置一套（见图 3-2，也可用杜瓦瓶和贝克曼温度计等组装起来代替整套装置），称量瓶 8 个。

试剂：干燥过的 KNO_3（分析纯）固体。

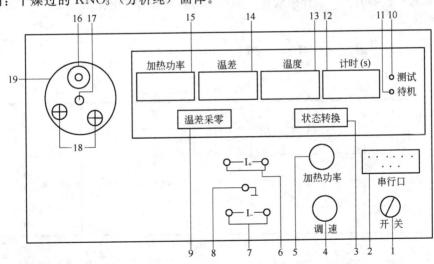

图 3-2　SWC-RJ 溶解热测定装置控制面板示意图

1—电源开关；2—串行口：计算机接口，根据需要与计算机连接；3—状态转换键：测试与待机状态之间的转换；4—调速旋钮：调节磁力搅拌器的转速；5—加热功率旋钮：根据需要调节所需输出加热的功率；6—正极接线柱：负载的正极接入处；7—负极接线柱：负载的负极接入处；8—接地接线柱；9—温度采零：在待机状态下，按下此键对温差进行清零；10—测试指示灯：灯亮说明仪器处于测试工作状态；11—待机指示灯：灯亮表明仪器处于待机工作状态；12—计量显示窗口：当仪器进入测试状态时，计时器开始工作；13—温度显示窗口：显示被测物的实际温度值；14—温差显示窗口：显示温差值；15—加热功率显示窗口：显示输出的加热功率值；16—加料口；17—传感器插入口；18—加热丝引出端；19—固定架：固定溶解热反应器

四、操作步骤

1. 开机，使仪器处于待机状态。

2. 将8个称量瓶编号，分别称取0.5g、1.5g、2.5g、3.0g、3.5g、4.0g、4.0g和4.5g KNO_3，依次放入干燥器中待用。

3. 称取216.2g蒸馏水放入杜瓦瓶内，放入磁珠，拧紧瓶盖，放到反应架固定架上。将O形圈套入传感器，调节O形圈使传感器浸入蒸馏水约100mm，把传感器探头插入杜瓦瓶中，不要与瓶内壁相接触。

4. 按下"状态转换"键，使仪器处于工作状态。把功率调整到$P \approx 2.5W$。一边观察搅拌磁珠，一边调整转速，使转速符合实验要求。

5. 先让加热器正常加热，使温度高于环境温度0.5℃左右。按"温差采零"键，仪器自动清零，立刻打开杜瓦瓶的加料口，加入1号样品。如与电脑连接则可单击"开始绘图"，盖好加料口塞，观察温差的变化或软件界面显示的曲线，等温差值回到零时，完成第1次实验。加入2号样品，进行第2次实验，如此循环，完成8次实验。

如果手工画图，加料的同时，记录时间。

6. 第8次实验结束后，按"状态转换"键，使仪器处于"待机状态"。将"加热功率调节"旋钮和"调速"旋钮左旋到底，关闭电源，拆去实验装置。

五、数据记录与处理

1. 记录加热功率P，记录每一次实验后累计通电时间t。

2. 计算水的物质的量n_1。计算每次加料后，累计硝酸钾物质的量n_2。

3. 计算每一次实验后，累计硝酸钾溶解放出的热量Q和积分溶解热$\Delta H_m^{\ominus}$，实验数据记录进表3-1中。

$$Q = -IUt = -Pt \qquad \Delta H_m^{\ominus} = -\frac{IUt}{n_2} = -\frac{Pt}{n_2}$$

表 3-1 数据记录

编号	1	2	3	4	5	6	7	8
t								
n_2								
n_2/n_1								
$\Delta H_m^{\ominus}$								

4. 作$\Delta H_m^{\ominus}$-$\frac{n_2}{n_1}$图。由图求$\frac{n_2}{n_1}$分别为0.01和0.0025时的积分溶解热$\Delta H_m^{\ominus}$，求$\frac{n_2}{n_1}$在0.01～0.0025时的稀释热$\Delta H_m^{\ominus}$。

六、思考题

1. 微分溶解热和积分溶解热有何区别？

2. 温度和浓度对溶解热有什么影响？

七、实验注意事项

1. 为保证全部溶解，硝酸钾应研细。

2. 降温幅度过大，会造成误差过大，可通过加料多少来控制降温幅度。

实验四　分解反应平衡常数的测定

一、实验目的

1. 用等压法测定不同温度下氨基甲酸铵的分解压力，根据分解压力求出相应温度下该分解反应的平衡常数 $K^{\ominus}$。

2. 由不同温度下的 $K^{\ominus}$ 求出分解反应的 $\Delta_r H_m^{\ominus}$、$\Delta_r G_m^{\ominus}$ 和 $\Delta_r S_m^{\ominus}$。

二、实验原理

1. 平衡常数的求法

对于产生气体的分解反应，可以根据平衡压力计算其平衡常数，如氨基甲酸铵、碳酸钙等。氨基甲酸铵是合成尿素的中间产物，不稳定，易分解，分解反应如下：

$$NH_2COONH_4(s) = 2NH_3(g) + CO_2(g)$$

该反应很容易达到平衡。在压力不太大时，可以用压力代替逸度，平衡常数为：

$$K^{\ominus} = \left[\frac{p(NH_3)}{p^{\ominus}}\right]^2 \left[\frac{p(CO_2)}{p^{\ominus}}\right] \tag{4-1}$$

系统中只有 NH_3 和 CO_2 两种气体，总压力 p 为

$$p = p(NH_3) + p(CO_2) \tag{4-2}$$

由分解反应的计量数可知：

$$p(NH_3) = \frac{2}{3}p \tag{4-3}$$

$$p(CO_2) = \frac{1}{3}p \tag{4-4}$$

将式(4-3) 和式(4-4) 代入式(4-1) 可得：

$$K^{\ominus} = \left[\frac{\frac{2}{3}p}{p^{\ominus}}\right]^2 \cdot \left[\frac{\frac{1}{3}p}{p^{\ominus}}\right] = \frac{4}{27}\left(\frac{p}{p^{\ominus}}\right)^3 \tag{4-5}$$

式(4-5) 表示出总压力与平衡常数的关系，据此可以由总压力求出平衡常数。

2. 平衡常数与温度的关系

温度对平衡常数的影响用范特荷夫方程表示：

$$\frac{d\ln K^{\ominus}}{dT} = \frac{\Delta_r H_m^{\ominus}}{RT^2} \tag{4-6}$$

3. $\Delta_r H_m^{\ominus}$、$\Delta_r S_m^{\ominus}$ 和 $\Delta_r G_m^{\ominus}$ 的求法

当温度变化不太大时，$\Delta_r H_m^{\ominus}$ 可视为常数，将式(4-6) 积分可得：

$$\ln K^{\ominus} = -\frac{\Delta_r H_m^{\ominus}}{RT} + C \tag{4-7}$$

根据式(4-7)，作 $\ln K^{\ominus} - \frac{1}{T}$ 图，应为一直线，斜率为 $-\frac{\Delta_r H_m^{\ominus}}{R}$，由斜率可求出 $\Delta_r H_m^{\ominus}$。

温度一定时，等温方程式：

$$\Delta_r G_m^{\ominus} = -RT\ln K^{\ominus} \tag{4-8}$$

根据式(4-8)，可由 $K^{\ominus}$ 求出 $\Delta_r G_m^{\ominus}$。

$$\Delta_r S_m^{\ominus} = \frac{\Delta_r H_m^{\ominus} - \Delta_r G_m^{\ominus}}{T} \tag{4-9}$$

$\Delta_r S_m^{\ominus}$ 由式 (4-9) 求出。

三、仪器与试剂

仪器：恒温槽，数字式温度计，等压计，压力计，抽滤瓶，旋塞，真空泵等。

试剂：氨基甲酸铵（分析纯），汞（分析纯）。

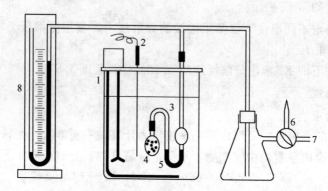

图 4-1 等压法测定氨基甲酸铵分解平衡常数装置

1—恒温槽；2—数字式温度计探头；3—等压计；4—氨基甲酸铵；
5—汞；6—三通旋塞；7—接真空泵；8—U 形压力计

四、操作步骤

1. 检验气密性

按图 4-1 将仪器连接好，旋转三通旋塞 6，使系统与真空泵连通，打开真空泵抽气几分钟，再慢慢旋转旋塞 6 使其处于三不通位置，观察 U 形压力计 8，若 10min 内液面没有变化，说明系统不漏气。

2. 加料

加入氨基甲酸铵粉末和汞，在 5 处形成液封。

3. 测量 30℃时的分解压

将恒温槽水温调至 30℃，把旋塞 6 旋转至系统与真空泵连通的位置，开动真空泵 10min，抽净系统中的空气，使旋塞处于三不通位置，停泵。

小心地旋转旋塞 6 使系统与毛细管连通，进入少量空气，调节等压计中汞液面相同。维持几分钟后，记下 U 形压力计 8 中两边汞柱高度和恒温槽温度。

为检验装料小球中的空气是否排净，打开真空泵，慢慢转动旋塞，使真空泵与系统连通，继续抽气 2min，重复测量一次。若 2 次测量结果的差值小于 2mmHg，可以认为空气已经排净。

4. 其他温度下分解压的测定

分别将温度调至 40℃、45℃、50℃，按 3 的方法测定分解压。

5. 结束实验

慢慢转动旋塞 6 使系统与毛细管连通，使空气慢慢进入系统，防止汞流入装料小球。当 U 形压力计两边液面基本一致时，方可拆除装置。按实验步骤把数据记录入表 4-1 中。

五、数据记录与处理

1. 记录

室温：_____ 大气压：_____

表 4-1 数据记录

实验温度/K	汞柱/mmHg			分解压/Pa
	左	右	汞高差	

2. 数据处理

根据式(4-5)计算各温度下的平衡常数 $K^\ominus$。

根据式(4-7)，作 $\ln K^\ominus - \dfrac{1}{T}$ 图，由斜率求出 $\Delta_r H_m^\ominus$。

根据式(4-8)，由 $K^\ominus$ 求出各温度下的 $\Delta_r G_m^\ominus$。

由式(4-9)，计算各温度下的 $\Delta_r S_m^\ominus$。

六、思考题

1. 如何检验系统的气密性？

2. 小球中的空气不排净对实验结果有何影响？如何检验是否排净？

3. 如何判断分解反应已经达到平衡？若未达到平衡对实验结果有何影响？

七、实验注意事项

1. 真空泵开启后普通的乳胶管容易被吸瘪，所以连接胶管应是厚壁真空胶管。

2. 转动旋塞时，动作要轻缓，以免汞进入装料小球。

实验五　溶解平衡分配系数的测定

一、实验目的

1. 掌握分配系数的概念，理解分配系数与缔合度的关系。

2. 通过本实验弄清苯甲酸在水和苯中的缔合情况。

二、实验原理

萃取是化工生产和实验室中常用的提纯方法。萃取效率的高低主要由分配系数决定，因此分配系数有重要实用价值。

恒温恒压下，在一个容器中，把一种溶质溶解在 α 和 β 两种互不相溶的溶剂中，该溶质在两种溶剂中的浓度之比为常数，这就是分配定律。如果溶质在两种溶剂中都不缔合，分配定律可表示为：

$$K = \frac{c_\alpha}{c_\beta} \tag{5-1}$$

如果溶质在 α 中全部以单分子形式存在，在 β 中全部以 n 分子缔合形式存在，则分配定律应表示为：

$$K = \frac{c_\alpha^n}{c_\beta} \tag{5-2}$$

29

如果溶质在某一溶剂中既有缔合形式又有离解形式，则分配定律只适用于分子形态相同的部分。

影响分配系数的因素有温度、压力、溶质和溶剂的性质等。在较稀的溶液中，分配系数与浓度无关，分配定律能很好地与实验结果相符。

将式（5-2）取对数得：

$$\ln c_\beta = n\ln c_\alpha - \ln K \tag{5-3}$$

可以看出，$\ln c_\beta$-$\ln c_\alpha$ 为线性关系，其斜率为溶质在 β 中的缔合度 n，截距为 $-\ln K$。所以通过作图可以求出缔合度和分配系数。

三、仪器与试剂

仪器：台秤 1 台，分液漏斗 4 个，普通锥形瓶 12 个，25mL 移液管 1 支，50mL 移液管 1 支，5mL 吸量管 1 支。

试剂：苯甲酸（分析纯），苯（分析纯），$0.05 \text{mol} \cdot \text{L}^{-1}$ 氢氧化钠标准溶液，煮沸过的去离子水，酚酞。

四、操作步骤

1. 苯甲酸水溶液和苯溶液的配制

每次用 50mL 移液管取 50mL 去离子水，共取 4 次，分别放入 4 个分液漏斗，用标签纸给 4 个分液漏斗编号。再分别称取 1.0g、1.3g、1.7g、2.0g 苯甲酸放入 4 个分液漏斗中。再各加入 25mL 苯，盖上盖子，充分振荡，待苯甲酸完全溶解后静置，使水相和苯相完全分层。小心打开分液漏斗开关，使水溶液刚好完全流入带有编号的锥形瓶，苯溶液仍留在分液漏斗中。锥形瓶和分液漏斗编号要相同，以免引起混乱。

2. 测定水溶液中苯甲酸浓度

另取一个锥形瓶，加 25mL 去离子水，用移液管取水溶液 5mL，放入锥形瓶，加 2 滴酚酞，用 $0.05 \text{mol} \cdot \text{L}^{-1}$ NaOH 溶液滴定至浅红色。每种水溶液滴定 3 次，NaOH 溶液用量取其平均值，计算每种水溶液中苯甲酸的浓度。

3. 测定苯溶液中苯甲酸浓度

另取一个锥形瓶，加入 25mL 去离子水，用移液管取 3mL 苯溶液，放入锥形瓶，振荡使水和苯相充分接触。在通风橱中用电炉慢慢加热，除去苯，使苯溶液转化成水溶液。冷却，加入 2 滴酚酞，用 $0.05 \text{mol} \cdot \text{L}^{-1}$ NaOH 溶液滴定至浅红色。每种溶液滴定 3 次，NaOH 溶液用量取其平均值，计算每种苯溶液中苯甲酸的浓度。

五、数据记录与处理

1. 列表与浓度计算

按表 5-1 记录实验数据

苯甲酸为一元酸，氢氧化钠为一元碱，所以有：

$$c_{苯甲酸} = \frac{c_{\text{NaOH}} V_{\text{NaOH}}}{V_{苯甲酸}} \tag{5-4}$$

2. 缔合度与分配系数的计算

方法一：苯甲酸在水中不易缔合。根据式（5-3）作 $\ln c_{苯甲酸/苯}$-$\ln c_{苯甲酸/水}$ 图，应为直线，斜率为苯甲酸在苯中的缔合度 n，截距为 $-\ln K$。

方法二：分别计算 $\dfrac{c_{苯甲酸/水}}{c_{苯甲酸/苯}}$、$\dfrac{c_{苯甲酸/水}^2}{c_{苯甲酸/苯}}$ 和 $\dfrac{c_{苯甲酸/水}}{c_{苯甲酸/苯}^2}$，若 $\dfrac{c_{苯甲酸/水}}{c_{苯甲酸/苯}}$ 为常数，说明苯甲酸在水

表 5-1　数据记录

溶液编号	滴定编号	水溶液			苯溶液		
		每次 NaOH 用量/mL	NaOH 平均 用量/mL	$c_{苯甲酸/水}$ /mol·L^{-1}	每次 NaOH 用量/mL	NaOH 平均 用量/mL	$c_{苯甲酸/苯}$ /mol·L^{-1}
1	1						
	2						
	3						
2	1						
	2						
	3						
3	1						
	2						
	3						
4	1						
	2						
	3						

中和苯中都是以单分子形式存在；若 $\dfrac{c^2_{苯甲酸/水}}{c_{苯甲酸/苯}}$ 为常数，说明苯甲酸在水中以单分子形式存在，在苯中以 2 分子缔合形式存在；若 $\dfrac{c_{苯甲酸/水}}{c^2_{苯甲酸/苯}}$ 为常数，说明苯甲酸在苯中以单分子形式存在，在水中以 2 分子缔合形式存在。再根据相应的比值求出分配系数 K。

六、思考题

1. 本实验为什么要用煮沸过的去离子水？
2. 滴定时加入过多的酚酞对实验结果产生什么影响？

七、实验注意事项

1. 苯有一定毒性，要尽量减少其挥发。装有苯溶液的分液漏斗一定要加盖子。蒸发苯一定要在通风橱中进行。
2. 本实验用的锥形瓶、分液漏斗较多，要进行编号，以免引起混乱。

实验六　双液系汽-液平衡相图的绘制

一、实验目的

1. 巩固二组分气-液相图的知识，掌握其绘制方法。
2. 学会沸点仪、阿贝折光仪的使用方法。

二、实验原理

由两种液态物质混合而成的系统称为双液系。双液系按两种液体互相溶解的情况，可分为液态完全互溶系统、液态部分互溶系统和液态完全不互溶系统 3 种。液态完全互溶系统，如苯-甲苯系统、水-乙醇系统；液态部分互溶系统，如水-苯酚系统、水-异丁醇系统；液态完全不互溶系统，如水-苯系统。双液系统的 t-x（y）相图，按照其与理想溶液和理想液态混合物的偏差，有以下 3 种比较典型的类型。

（1）理想的二组分系统相图　如苯和甲苯系统相图，不论组成如何，系统的沸点总是介于两个纯组分的沸点之间，恒有 $x_B > y_B$，或恒有 $x_B < y_B$。

（2）具有最低恒沸点系统　如甲醇-氯仿系统，系统有一最低恒沸点，温度低于两个纯组分，也低于其他组成的系统，在最低恒沸点 $x_B = y_B$，在最低恒沸点左侧 $x_B < y_B$，在最低恒沸点右侧 $x_B > y_B$。

（3）具有最高恒沸点系统　如氯仿-丙酮系统，系统有一最高恒沸点，温度高于两个纯组分，也高于其他组成的系统，在最高恒沸点 $x_B = y_B$，在最高恒沸点左侧 $x_B > y_B$，在最高恒沸点右侧 $x_B < y_B$。

这 3 类系统的 $t\text{-}x(y)$ 相图如图 6-1～图 6-3 所示。

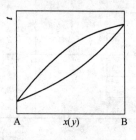 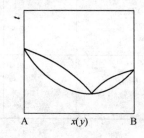 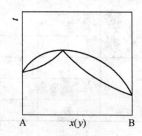

图 6-1　二组分理想液态　　　　图 6-2　二组分具有最低　　　　图 6-3　二组分具有最
　　　混合物系统相图　　　　　　　　恒沸点系统相图　　　　　　　高恒沸点系统相图

图 6-1～图 6-3 中，上方的曲线为气相线，下方的曲线为液相线。气相线代表温度与气相组成的关系，即 $t\text{-}y$ 线；液相线代表温度与液相组成的关系，即 $t\text{-}x$ 线。每一次沸腾，得到 3 个数据，即沸点温度 t、液相组成 x_B 和气相组成 y_B，由 t 和 x_B 确定液相点，由 t 和 y_B 确定气相点，把每次沸腾确定的液相点连起来就是液相线，把每次沸腾确定的气相点连起来就是气相线。这样，相图就画成了。

在乙醇（A）-环己烷（B）系统中，纯 A 的正常沸点为 78.37℃，纯 B 的正常沸点为 80.75℃，最低恒沸点为 64.8℃，最低恒沸物的组成为 $x_B = 0.55$。

折射率是物质的重要物理性质，在系统的 2 个组分确定后，折射率与浓度和温度有关，如果再把温度恒定，折射率就只与浓度有关。本实验中，从沸点仪的温度计读出沸点温度 t，用恒温槽把阿贝折光仪的温度恒定在 30℃，测得液相或气相的折射率后，再换算成 x_B 或 y_B。

阿贝折光仪的构造和原理如图 6-4 和图 6-5 所示。

仪器中有 2 块直角棱镜，在对角线上结合，2 个结合面都是毛玻璃。待测液体在结合面上展开为一薄层。光源发出的白光由反射镜进入下面的辅助棱镜，再进入液体发生折射后进入上面的基本棱镜，在目镜中形成亮区和暗区。

阿贝折光仪的使用方法如下。

（1）阿贝折光仪要放在光亮处，但不能有阳光直射。

（2）装好折光仪温度计，把恒温槽的热水管与折光仪连接，以折光仪温度计为准，把温度调到 30℃。

（3）打开棱镜，滴 2 滴乙醚或丙酮在镜面上以清洗镜面，再用擦镜纸轻轻擦干。

（4）从加液孔加入待测液体。

（5）转动手轮和消色补偿器，使位于右侧的测量望远镜明暗界限清晰，且不能有杂色。

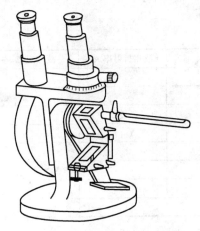

图6-4　阿贝折光仪外形图

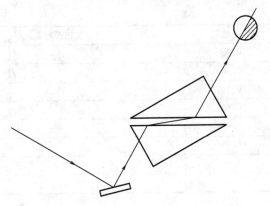

图6-5　阿贝折光仪原理示意图

让明暗界线正好落在法线交叉点上，这时可由读数望远镜读出数据。

（6）在位于左侧的读数望远镜中，可以看到两列数据，左侧的是 20℃时蔗糖溶液的质量分数，与本实验无关；右侧的是折射率，是本实验要读的数据。

（7）打开棱镜，用擦镜纸擦干，进入下一次测量。

三、仪器与试剂

仪器：沸点仪，阿贝折光仪，超级恒温槽，酒精灯，长滴管，短滴管，水银温度计，擦镜纸。

试剂：环己烷（分析纯），无水乙醇（分析纯）。

四、操作步骤

1．安装沸点仪，见图6-6所示。

2．开启超级恒温槽，与阿贝折光仪连接，以折光仪上的温度计为准，把温度调节到 30.0℃。

3．配制8种不同浓度的乙醇（A）、环己烷（B）溶液，x_B 分别为 0.05，0.10，0.20，0.50，0.60，0.80，0.90，0.95。

4．每次取一种溶液，加入沸点仪，使液面位于温度计水银球中部。加热到沸腾后，再加热到温度恒定。这时为气-液平衡，该温度即为溶液沸点。

5．停止加热。用长滴管从冷凝管的小球室里取出气相冷凝液，用阿贝折光仪测定气相的折射率。注意，环己烷有毒，一定要减少其挥发，待沸点仪冷却后，再用短滴管从烧瓶的支管中取少量液体，用阿贝折光仪测定液相的折射率。

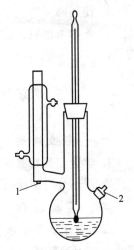

图6-6　沸点仪示意图

1—小球室；2—支管

6．气相和液相的折射率测定完毕后，沸点仪不要用水洗，以免带来杂质水。也不必使沸点仪干燥，可直接加入下一种溶液，继续实验。用同样的方法，分别测定8种溶液的沸点、气相折射率和液相折射率。

五、数据记录与处理

室温：＿＿＿＿＿＿

每次实验记录沸点温度 t、气相折射率 n_g、液相折射率 n_l。再把 n_g 换算成 y_B，把 n_l 换

算成 x_B。数据记录进表 6-1 中。

表 6-1　数据记录

样品浓度	沸点/℃	气相折射率 n_g	气相组成 y_B	液相折射率 n_l	液相组成 x_B
0.05					
0.10					
0.20					
0.50					
0.60					
0.80					
0.90					
0.95					

在坐标纸上绘制 t-$x(y)$ 图，并由该图确定恒沸点的温度和恒沸物的组成。

六、思考题

1. 沸点仪冷凝管下端的贮液小球室过大或过小，对测量值有何影响？
2. 恒沸点有何特征？对于有恒沸点的溶液，能否用蒸馏法使之完全分离？
3. 如何判断已经达到气-液平衡？

七、实验注意事项

1. 温度计的水银球不要触及沸点仪底部。每次沸腾一定要等温度恒定后再读取温度。
2. 环己烷有毒，一定要等沸点仪完全冷却后再取液相，以减少环己烷挥发。
3. 使用阿贝折光仪时，不要使滴管等硬物触及棱镜，擦拭棱镜要用擦镜纸轻轻进行。
4. 使用浓度较大的样品实验时，折射率随组成变化不明显，可重复做 2～3 次，取其平均值。

实验七　二组分简单共熔系统相图的绘制

一、实验目的

1. 学会金属相图实验装置的使用方法。
2. 用热分析法绘制 Pb-Sn 二组分相图。

二、实验原理

二组分金属相图是生产实践中常用的相图，常见形式是 t-w_B 图。热分析法也称步冷曲线法，基本做法是：配制几种 w_B 不同的混合物，把它们分别放入仪器中加热熔化，把液体放在一定环境中冷却，每隔一定时间记录一次温度。

以温度为纵坐标，以时间为横坐标，画出 w_B 一定的系统的步冷曲线，如图 7-1 所示。在析出固体以前，温度下降较快，步冷曲线表现为较陡的直线，如 AB 段。若析出固体，由于析出固体时放出热量，使得温度下降变慢，则步冷曲线就出现转折，斜率变小，如 BC 段。若析出的固体为低共熔混合物，温度不变，步冷曲线表现为水平线，如 CD 段。低共熔混合物析出完毕后，温度又快速下降，如 DE 段。当系统的组成为纯 A、纯 B 或与低共熔混合物相同时，步冷曲线没有 BC 段，其形状如图 7-2 中第一、第五和第三条步冷曲线。

这样根据步冷曲线转折点的情况，就可以知道析出固体时的温度和低共熔点温度，根据

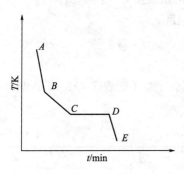

图 7-1　步冷曲线

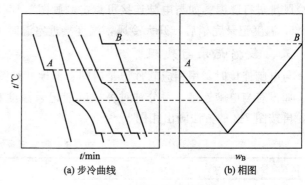

(a) 步冷曲线　　　(b) 相图

图 7-2　步冷曲线和相图

若干条不同 w_B 的步冷曲线就可以画出相图。基本方法如图 7-2 所示，先以温度为纵坐标，以时间为横坐标画出步冷曲线，再以相同的温度刻度为纵坐标，以 w_B 为横坐标，画出相图的坐标系。把步冷曲线的转折点温度平移到相图中与相应的组成描点，把各点连接起来，相图就画成了。

二组分金属相图实验装置的主机是一个配有几支耐高温试管的电炉，不同组成的物质放在试管中加热熔化后慢慢冷却，再记录冷却过程的温度，即可画出步冷曲线。由于电炉温度很高，温度显示器一般与电炉分开。有的把电炉与计算机连接，可以在计算机上读出温度，手工画图，也可以装上相应软件，由计算机画图，如南京大展公司的 DZ3343 金属相图实验装置；也有的在电炉上连接一个温度显示器，可以在温度显示器上读出温度，手工画图，也可以把温度显示器与计算机连接，让计算机画图，如南京桑力公司的 KWL 系列可控升温电炉和 SWKY 系列数字控温仪，温度在控温仪上显示。

三、仪器与试剂

仪器：KWL-10 可控升温电炉一台，SWKY-2 数字控温仪一台。

试剂：金属锡（分析纯），金属铅（分析纯），石蜡油。

四、操作步骤

1. 将 KWL-10 可控升降温电炉（见图 7-3）与控温仪进行连接。将"冷风量调节"旋钮逆时针旋转到底（最小）。

2. 将锡和铅按不同比例混合，装入试管，6 支试管中铅的质量分数分别为：0.00，0.10，0.20，0.381，0.70，1.00。为防止氧化可在上面覆盖一层石蜡油。将装有试剂的试管插入实验试管摆放区的炉膛内，将控温仪上编号为 01～06 的六根测温传感器按顺序分别插入每一根试管内，再把控温测量热电偶插入炉膛小孔内。

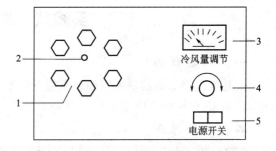

图 7-3　KWL-10 可控升降温电炉控制面板示意图

1—实验试管摆放区；2—控温热电偶（K）插入处；

3—直流电压表：显示冷风机电压值；4—冷风量调节旋钮：调节冷风机工作电压；5—电源开关

3. 温度设定在高于熔点 50℃ 左右，纯锡熔点为 231.9℃，纯铅熔点为 327.4℃，升温速度设置为 20℃/min。

4. 温度达到设定温度后再稳定一段时间，待试管中的试剂完全熔化后，将控温仪设定在置数状态，置数指示灯亮，这时电炉停止加热，可选择自然降温。如降温速度太慢，可调节冷风量进行降温。如与电脑连接可点击"画图"。也可以记录温度，手工画图。

5. 温度记录完毕后，开大冷风，温度接近室温时关闭电源。

五、数据记录与处理

与电脑连接时，用相应软件记录时间、温度并画图。

如没有与电脑连接，每分钟对每种试剂记录温度和时间一次（见表7-1）。画出步冷曲线，再按图7-2的方法画出相图。

表 7-1　数据记录

试管编号	w_B	t_1	t_2	t_3	t_4	t_5	t_6	t_7	t_8
1	0.00								
2	0.10								
3	0.20								
4	0.381								
5	0.70								
6	1.00								

六、思考题

1. 总质量相同，组成不同的锡铅合金，步冷曲线水平段长度是否相同？

2. 为什么步冷曲线会有转折点？纯金属、低共熔混合物、合金的步冷曲线形状有何不同？

七、实验注意事项

1. 一定要先连接好仪器，再接上电源，以免发生危险。

2. 降温速度不要太快。最好用自然降温方式，若用冷风降温，风量不要过大。

3. 要防止烫伤。

实验八　差热分析

一、实验目的

1. 理解差热分析的基本原理，掌握其基本方法。

2. 对 $CuSO_4 \cdot 5H_2O$ 和 KNO_3 进行差热分析。

二、实验原理

差热分析（differential thermal analysis，简称 DTA）是物理化学的重要分析方法。基本原理是，同时加热两种热容基本相同的物质，一种为参比物（通常选用 α-Al_2O_3），另一种为试样。参比物不发生变化，温度直线上升，试样在受热的某些阶段发生物理变化或化学变化，同时伴随有热效应，吸收或放出热量。试样没有变化时与参比物同步升温，没有温度差，试样放热时温度高于参比物，吸热时温度低于参比物，与参比物之间产生温度差。所谓差热分析就是利用温度差判断物质的组成及结构。

图8-1为理想的差热图，曲线 T 为温度线，代表参比物温度随时间的变化，ΔT 为差热线，代表试样与参比物温度差随时间的变化。ab、de 等段表示试样与参比物温差为零或恒为常数，称为基线；bcd 段为吸热峰，表示试样发生吸热变化，温度低于参比物；efg 段为

放热峰，表示试样发生放热变化，温度高于参比物。一般熔化、失水、分解等过程为吸热，凝固、水化、化合为放热。由 b 作垂线交曲线 T 于 b'，再由 b' 作水平线交于纵轴，可得起峰温度 T_e。由 c 作垂线交曲线 T 于 c'，再由 c' 作水平线交于纵轴，可得峰顶温度 T_p。用同样的方法可得放热峰的起峰温度和峰顶温度。

参比物与试样的热容、热导率、粒度、装填情况等都不可能完全相同，加热过程中还会出现膨胀等现象，因此实际差热图与理想情况会有差别，T 曲线也不可能完全是直线，ΔT 曲线上，基线也不一定水平，峰前与峰后的基线也可能不在一条水平线上，图 8-2 为实际可能的差热图。可用外推法确定试样发生变化的时间和温度，作基线延长线和起峰曲线上斜率最大处的延长线，交于 b 点，由 b 作垂线交曲线 T 于 b'，再由 b' 作水平线交于纵轴，可得起峰温度 T_e。在峰的两侧作曲线上斜率最大处的延长线，交于 c 点，由 c 作垂线交曲线 T 于 c'，再由 c' 作水平线交于纵轴，可得峰顶温度 T_p。用同样的方法可得放热峰的起峰温度和峰顶温度。

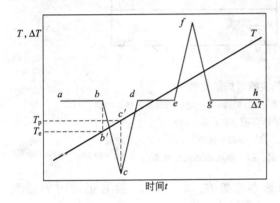

图 8-1　理想的差热图

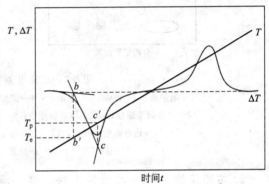

图 8-2　实际可能的差热图

影响差热分析的因素很多，通常来说有以下几种。

（1）升温速率　速率慢，基线漂移小，分辨率高，靠得较近的差热峰也可以分辨出来，但测定起来费时间。速率快情况则相反，一般选择升温速率为 $1\sim20\text{℃}\cdot\text{min}^{-1}$。

（2）参比物　应选择与试样热容、热导率尽量接近的物质作参比物，参比物要在测定温度范围内具有良好的热稳定性，不发生反应。一般用 $\alpha\text{-Al}_2\text{O}_3$、$MgO$、金属镍、煅烧过的 SiO_2 等作参比物。

（3）粒度　试样与参比物粒度要一致，一般为 200 目。

目前市售的差热分析实验装置，一般由加热电炉和差热分析仪 2 部分组成，操作方便，并且可与电脑连接，实现计算机数据处理。

三、仪器与试剂

仪器：ZCR-Ⅱ差热实验装置（见图 8-3）或其他差热实验装置。

试剂：$\alpha\text{-Al}_2\text{O}_3$（分析纯），$CuSO_4\cdot5H_2O$（分析纯），$KNO_3$（分析纯）。

四、操作步骤

1. 调节电炉水平和炉管位置，使电炉处于水平，炉管处于炉膛中央。
2. 在电炉左边坩埚中装入 $CuSO_4\cdot5H_2O$ 8mg，在右边的坩埚中装入 $\alpha\text{-Al}_2\text{O}_3$ 8mg。
3. 在电炉上接入自来水作为冷却液。
4. 将分析仪与电炉连接。如有电脑可与分析仪连接。

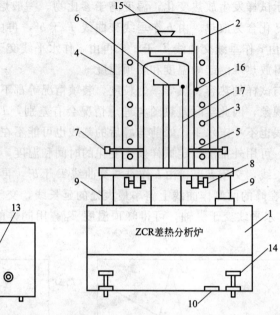

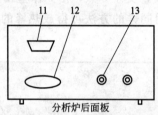

分析炉后面板

图 8-3 ZCR Ⅱ 差热实验电炉示意图

1—电炉座；2—炉体；3—电炉丝；4—保护罩；5—炉管；6—坩埚托盘及差热热电偶；
7—炉管调节螺栓；8—炉体紧固螺栓；9—炉体定位（右）及升降杆（左）；10—水平
仪；11—热电偶输出接口；12—电源插座；13—冷却水接口；14—水平调节螺丝；
15—炉膛端盖；16—炉温热电偶；17—参比物测温热电偶

5. 按照仪器说明书提供的方法，将升温速率设置在 12℃/min，报警记录时间设置为 45s。

6. 升温，同时记录时间、温度和温差等数据。$CuSO_4 \cdot 5H_2O$ 记录 40～320℃ 之间的数据。

7. $CuSO_4 \cdot 5H_2O$ 实验完毕后待温度下降到 40℃ 以下时，换上 KNO_3 用同样的方法，记录 70～360℃ 之间的数据。

五、数据记录与处理

1. 记录如下数据，见表 8-1～表 8-3。

室温：_____ 大气压：_____ 参比物名称：_____ 粒度：_____

升温速度：_____

表 8-1 $CuSO_4 \cdot 5H_2O$ 温度和温差记录

t/s	45	90	135	180	225	270	315	360	405	450	495	540	585
T/K													
$\Delta T/K$													

表 8-2 KNO_3 温度和温差记录

t/s	45	90	135	180	225	270	315	360	405	450	495	540	585
T/K													
$\Delta T/K$													

表 8-3　T_e 和 T_p 表

$T/^{\circ}C$	T_e	T_p	T_e	T_p	T_e	T_p	T_e	T_p
$CuSO_4 \cdot 5H_2O$								
KNO_3								

2．将记录的数据画成差热图。

3．标出起峰温度、峰中止温度、峰谷温度和峰顶温度。

4．分析各峰代表的可能反应。

六、思考题

1．什么是差热分析？在差热分析实验中参比物起什么作用？

2．造成基线漂移的主要因素有哪些？

七、实验注意事项

1．实验气氛对实验结果有影响，样品不要装得太紧，以免影响产生的气体向外扩散。

2．前一次实验结束后，一定要等温度降下来后，再进行下一次实验，以免烫伤。

实验九　凝固点降低法测定摩尔质量

一、实验目的

1．巩固稀溶液依数性知识。

2．掌握凝固点测定的基本方法和仪器的使用方法。

二、实验原理

根据稀溶液依数性原理，溶剂中溶入难挥发溶质，形成稀溶液，与纯溶剂相比，溶液的凝固点就会降低。已知浓度，可以计算出凝固点下降值；已知凝固点下降值，也可以计算出溶质的摩尔质量。凝固点下降公式为：

$$\Delta T_f = T_f^* - T_f = K_f b_B \tag{9-1}$$

式中，b_B 为质量摩尔浓度；K_f 为凝固点降低系数。几种常见溶剂的凝固点 T_f^* 和 K_f 见表 9-1。

表 9-1　几种常见溶剂的 T_f^* 和 K_f 值

溶　剂	水	醋酸	苯	萘	环己烷	樟脑
T_f^*/K	273.15	289.75	待测	353.4	279.65	446.15
$K_f/K \cdot kg \cdot mol^{-1}$	1.86	3.90	5.10	7.0	20	40

$$b_B = \frac{\dfrac{m_B}{M_B}}{m_A} \tag{9-2}$$

合并式(9-1)和式(9-2)，得

$$M_B = \frac{K_f m_B}{m_A \Delta T_f} \tag{9-3}$$

这样就可以用式(9-3)计算溶质的摩尔质量。在实验时要求溶质在溶液中不能有离解、缔合、形成配合物等情况。

把纯溶剂和稀溶液逐步冷却，步冷曲线如图 9-1 所示。a 和 b 代表纯溶剂。a 为理论步冷曲线；b 为有过冷现象时的步冷曲线，发生过冷现象时，液体温度低于凝固点，开始析出固体后，温度又回到凝固点。c、d、e 代表稀溶液，c 为理论步冷曲线，由于析出固体是放热过程，温度下降变慢，曲线发生转折，斜率变小。d 和 e 为有过冷现象时的步冷曲线，其中 e 有严重过冷现象。从图中可以看出 e 开始析出固体的温度与 c 有较大差别。因此，冷却过程不能有严重过冷现象。

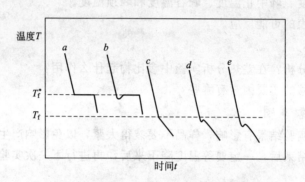

图 9-1　溶剂和溶液的步冷曲线

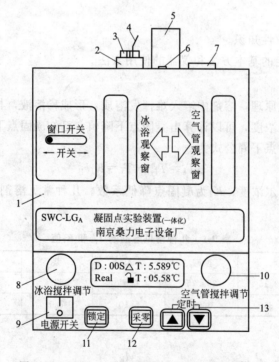

图 9-2　SWC-LG$_A$ 凝固点实验装置前面板示意图

1—冰浴槽；2—凝固点测定管端口；3—传感器插孔；4—手动搅拌；5—冰浴槽搅拌器；
6—传感器插孔（冰浴槽）；7—空气套管端口；8—冰浴搅拌调节旋钮；9—电源开关；
10—空气管搅拌调节旋钮；11—锁定键——锁定选择的基温，按下此键，采零和基温
自动选择都不起作用，直至重新开机；12—采零键——用以消除仪表当时的温差值，
使温差值显示"0.000"（当所测凝固点大于 20℃时，使用此键）；
13—定时键——设定时间 0～99s 增减键

40

凝固点是已知浓度的溶液与固体溶剂共存的温度，如果溶剂析出太多，溶液浓度就会增大，凝固点也会随之降得更低，ΔT_f增大，由式(9-3)可以看出，测出的M_B就会出现误差。由于凝固点降低的值较小，测定温度时要用比较准确的数字式温度计或贝克曼温度计。

三、仪器与试剂

仪器：SWC-LG$_A$凝固点实验装置一套，压片机一台。

试剂：苯（分析纯），萘（分析纯），碎冰。

四、操作步骤

SWC-LG$_A$凝固点实验装置是一体机，它把实验装置和温差测定装置集成在一起，操作比较方便。分体机市面上也有销售，使用时把实验装置和温差测定装置连在一起即可，操作方法大同小异。

1. 仪器的安装与显示

实验装置如图9-2所示。把传感器插头插入后面板的接口。接入电源，打开电源，冰浴搅拌机开始工作。

显示屏显示出初始状态如下图：

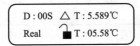

D—定时时间，单位为s；ΔT—温差；T—实时温度显示值；

Real—跟踪状态，显示温度和温差的实时数值。可改变为Hold；

Hold：保持状态，保持某一时刻的温度和温差，以方便读数；

🔓—仪器对基温选择处于跟踪选择状态；🔒—仪器对基温选择处于锁定状态

2. 冰浴槽的调节温度

打开窗口开关，把传感器插入冰浴槽的传感器插孔，加入水和冰，把温度调节到低于溶剂凝固点2～3℃，本实验中苯的凝固点为5℃左右，温度调节到2.5℃左右。套管放入右端口，按下锁定键，使"🔓"变为"🔒"。

3. 溶剂苯凝固点的测定

（1）加料 取一支洗净烘干的凝固点测定管，用分析天平称重，再用移液管准确移取25mL液体苯，加入其中，再用分析天平称重，求出苯的净重。放入磁珠，温度传感器插入橡胶塞中，然后将橡胶塞塞入凝固点测定管，塞紧。传感器要位于凝固点测定管中央，离测定管底部5mm。

（2）测定苯的近似凝固点 在冰浴槽左边端口中直接插入凝固点测定管，把冰浴搅拌调节旋钮调至适当的位置。观察显示屏上的ΔT显示值，当ΔT显示值稳定不变时，记录温度，即为苯的近似凝固点。此时凝固点测定管中应出现固体。

（3）测定苯的精确凝固点 取出凝固点测定管，用手握住，使其中的固体完全熔化。将凝固点测定管直接插入冰浴槽左边端口中，当温差降到高于近似凝固点0.7℃时，快速取出凝固点测定管，擦干，插入空气套管中，调节空气管搅拌调节旋钮，缓慢搅拌，使苯的温度均匀下降，如果已与电脑连接，可以点击开始绘图。如果手动操作，每隔15s记录一次温差ΔT，当温度接近近似凝固点时要加快搅拌，防止过冷。注意观察ΔT，当其稳定60s后，记录温度，即为苯的凝固点。

重复以上操作2次。共测定精确凝固点3次。

4. 萘的苯溶液凝固点的测定

粗称 1g 左右萘,压片,再用分析天平准确称重。取出测定管,用手握住,使其中的固体熔化,加入萘片,待其溶解后,用以上方法先测其近似凝固点,再测其精确凝固点 3 次。要求绝对误差不得超过±0.003℃。

五、数据记录与处理

室温:_____

如与电脑连接由电脑记录与处理。手工处理可按表 9-2 进行记录与计算。

表 9-2　数据表

物　质	用　量	凝固点测定值/℃	凝固点平均值/℃	凝固点降低值/℃
苯	mL	(1)		
		(2)		
		(3)		
萘	g	(1)		
		(2)		
		(3)		

按式(9-3)求出萘的摩尔质量。

六、思考题

1. 为什么要防止过冷现象?
2. 测定凝固点的精确值时为什么要用套管?
3. 如果没有成套装置,请设计一套简易装置。

七、实验注意事项

1. 当温度接近凝固点的近似值时要加快搅拌,防止过冷现象的出现。
2. 萘片的质量一定要称准。

第二节　电化学

实验十　离子迁移数的测定

一、实验目的

1. 掌握希托夫法测定离子迁移数的原理和方法。
2. 通过实验加深理解离子迁移数的含义。
3. 了解电量计的原理及使用方法。

二、实验原理

当电流通过电解质溶液时,正、负离子分别向两极迁移,同时在电极上发生氧化还原反应,参与反应的物质的量与通过电极的电量的关系服从法拉第定律。电解过程中,正、负离子所起的导电作用一般并不相同,为了反映正、负离子导电作用的大小,引入离子迁移数这一概念。电流通过电解质溶液时,某种离子传递的电量与总电量的比值,称为该离子的迁移数，用 t 表示。若正离子和负离子传递的电量分别用 q^+ 和 q^- 表示，通过的总电量：

$$Q = q^+ + q^-$$

正、负离子的迁移数可表示为

$$t_+ = \frac{q^+}{Q} \qquad t_- = \frac{q^-}{Q}$$

$$t_+ + t_- = 1$$

在包含有多种正、负离子的混合电解质溶液中，t_+ 和 t_- 分别为所有正、负离子迁移数的总和。

离子迁移数主要受温度、浓度影响，不受电场强度影响。一般情况下，某种离子的浓度增加，则该离子传递的电量增加，迁移数也相应增加，但对含一种电解质的溶液，浓度改变使离子间的引力场改变，离子迁移数也会改变，但变化的大小因电解质不同而异。一般情况下，温度升高时，t_+ 和 t_- 的差别减小。

测定离子迁移数对了解离子的性质具有重要意义。测定离子迁移数常用的方法有界面移动法、希托夫法和电动势法。本实验采用希托夫法，即根据迁出阳极区正离子的量或迁出阴极区负离子的量，求出离子迁移数的方法。

电解某电解质溶液时，由于正、负离子运动速率不同，传递的电量也不同，因而两种离子在两极区溶液浓度变化也不同。

以 1-1 型的电解质为例，假如两个惰性电极浸在含有电解质 MA 的溶液中。设 M^+ 和 A^- 的迁移数分别为 t_+ 和 t_-。电极上发生氧化还原反应，反应的量可用法拉第定律求算。在溶液中，正、负离子输运电荷的数量因它们的电迁移率不同而不同。通电电解后，阳极区电解质浓度减少的数值等于正离子输运的电量的法拉第数。同样，阴极区浓度减少的数值也等于负离子输运的电量的法拉第数，如图 10-1 所示。因此，迁移数即可通过下式计算出

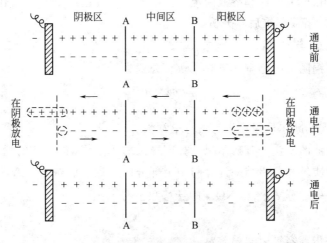

图 10-1　离子迁移示意图

t_+ ＝阳极 MA 减少的物质的量/库仑计中沉积物的物质的量

t_- ＝$1 - t_+$

三、仪器与试剂

仪器：LYQ 离子迁移数测定仪 1 套，铜电量计 1 台，0～50mA 毫安表 1 台，45V 直流

稳压电源 1 台，500Ω 滑线电阻 1 个，500mL 锥形瓶 5 个，10mL 量筒 1 个，50mL 酸式滴定管 2 支。

试剂：$CuSO_4 \cdot 5H_2O$（分析纯），$0.1mol \cdot L^{-1}$ $AgNO_3$ 溶液，$6mol \cdot L^{-1}$ HNO_3 溶液，硫酸铁铵饱和溶液，KSCN 饱和溶液。

四、操作步骤

1. 用少量 $0.1mol \cdot L^{-1}$ $AgNO_3$ 溶液荡洗迁移管两次后，将迁移管中充满 $0.1mol \cdot L^{-1}$ $AgNO_3$ 溶液。注意：切勿有气泡留在管中。

2. 准备好电量计，把铜电极放在硝酸溶液中洗涤一下，以除去表面锈蚀物，用蒸馏水洗涤后，把铜阳极放回盛有铜镀液的电量计中。铜镀液由 15g $CuSO_4 \cdot 5H_2O$、5mL 浓硫酸、5mL 乙醇与 100mL 水配制而成。铜阴极用水洗净后，用乙醇清洗，再用热空气将其吹干，温度不能太高，以免铜氧化。在分析天平上称量得 m_1，放回库仑计中。

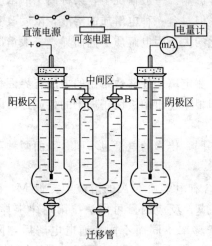

图 10-2 迁移数测定装置图

3. 按图 10-2 连接好实验装置，接通电源，调节可变电阻，使线路中电流保持在 15mA 左右。通电 1h 后，停止通电。立即关上活塞 A 和 B（防止扩散）。将阴、阳两区溶液放入已知质量的 50mL 锥形瓶中称重。先取 25mL 中间区硝酸银溶液，分析其浓度，若与原来浓度相差很大，实验要重做。

4. 取出铜库仑计中的阴极，按前述方法洗净。干燥后称量得 m_2。

5. 将两极区溶液分别移入 250mL 锥形瓶中加入 5mL $6mol \cdot L^{-1}$ HNO_3 溶液和 1mL 硫酸铁铵饱和溶液，用 KSCN 饱和溶液滴定，至溶液呈浅红色，用力摇荡不褪色为止。

再取 25mL 原始溶液称重后，分析。

五、数据记录与处理

1. 由库仑计中铜阴极的增重计算总电量。公式为：

$$Q = \frac{m_2 - m_1}{0.5 M_{Cu}} F$$

式中，M_{Cu} 为铜的摩尔质量；F 为法拉第常数。

2. 由阳极区溶液的质量和分析结果计算阳极区的 $AgNO_3$ 的物质的量及溶剂质量。

3. 由原溶液的质量和分析结果计算与阳极部分同质量溶剂相当的 $AgNO_3$ 的物质的量。

4. 根据上面结果计算 Ag^+ 和 NO_3^- 的迁移数。

六、思考题

1. 实验中哪些步骤容易引起误差？

2. 电流过大或过小对结果有何影响？

3. 迁移管中若有气泡，对实验有何影响？

4. 若通电前后中间区浓度改变，为什么要重做实验？

七、实验注意事项

1. 库仑计铜阴极称重前一定洗净、干燥，干燥温度不能太高，否则会影响实验结果的准确性。

2. 将迁移管中充满 $0.1\text{mol} \cdot \text{L}^{-1}$ AgNO$_3$ 溶液，勿让气泡留在管中。

3. 通电结束后，立即关上活塞 A 和 B。

实验十一 原电池电动势的测定

一、实验目的

1. 测定 Cu-Zn 电池的电动势和 Cu、Zn 电极的电极电位。

2. 了解一些电极的构造、使用和处理方法。

3. 了解电位差计的测量原理，掌握电位差计的使用方法。

二、实验原理

从化学热力学知道，在恒温、恒压、可逆条件下，电池反应的摩尔吉布斯函数变与电池电动势间有以下关系：

$$\Delta_r G_m = -zFE \tag{11-1}$$

式中，$\Delta_r G_m$ 是电池反应摩尔吉布斯函数变；F 是法拉第常数；z 是反应中电子转移的量（以 mol 为计量单位）；E 是电池的电动势。测出该电池的电动势 E 后，便可求出 $\Delta_r G_m$，通过 $\Delta_r G_m$ 又可求出其他热力学函数。但必须注意，只有在恒温、恒压、可逆条件下，式 (11-1) 才能成立。这就首先要求电池反应本身是可逆的，即要求电池电极反应是可逆的，并且不存在任何不可逆的液接界面；另外，电池还必须在可逆的情况下工作，即放电和充电过程都必须在准平衡状态下进行，此时只有无限小的电流通过电池。

因此，在用电化学方法研究化学反应的热力学性质时所设计的电池应尽量避免出现液体接界面。在精度要求不高的测量中，出现液体接界电位时，常用"盐桥"来减小它。所谓"盐桥"，是指一种正、负离子迁移数比较接近的盐类溶液所构成的"桥"，用来连接原来产生显著液体接界电位的两种液体，从而使彼此不直接接界。

常用的盐桥盐类有 KCl、KNO$_3$、NH$_4$NO$_3$ 等。不过，用了盐桥后，液体接界电位一般仍在毫伏数量级，在精确测量中，还是不能满足要求，须采用专门措施。

在进行电池电动势测量时，为了使电池反应在接近热力学可逆条件下进行，不能用伏特计来测量，而要用电位差计采用"补偿法"测量（电位差计的测量原理和方法参阅本实验后附1）。

电池的反应由两个电极反应组成，因此电动势表达式可以写成两电极电位之差：

$$\varphi = \varphi^+ - \varphi^- \tag{11-2}$$

对铜锌电极而言

$$\varphi_{Cu^{2+}/Cu} = \varphi^\ominus_{Cu^{2+}/Cu} + \frac{RT}{zF} \ln a_{Cu^{2+}} \tag{11-3}$$

$$\varphi_{Zn^{2+}/Zn} = \varphi^\ominus_{Zn^{2+}/Zn} + \frac{RT}{zF} \ln a_{Zn^{2+}} \tag{11-4}$$

式中，$\varphi^\ominus$ 为电极的标准电极电位；a 为离子的活度；z 为电极反应中转移电子的量。

本实验中要求制备锌电极、铜电极，将它们组成电池，测量其电动势，再用饱和甘汞电极作为参比电极测量这些单电极的电极电位。

三、仪器与试剂

仪器：UJ25 型直流电位差计 1 台，AC19-1 型直流反射式检流计 1 台，惠斯顿饱和标准电池 1 个，1.5V 干电池两节，232 型饱和甘汞电极 2 支，铜电极 2 支，锌电极 1 支，电极架 1 个，50mL 烧杯 4 只，500mL 洗瓶 1 个，洗耳球 1 只，砂纸 1 张。

试剂：$0.1000mol \cdot L^{-1}$ $CuSO_4$ 溶液，$0.0100mol \cdot L^{-1}$ $CuSO_4$ 溶液，饱和 KCl 溶液，$0.1000mol \cdot L^{-1}$ $ZnSO_4$ 溶液，$2mol \cdot L^{-1}$ H_2SO_4 溶液，$2mol \cdot L^{-1}$ HNO_3 溶液。

四、操作步骤

1. 仪器连接

在熟悉有关电位差计及检流计的使用方法后，按要求连接好电位差计的各辅助部分的线路（电路经实验教师检查后再接通电源）。计算出室温下标准电池的电动势值（在预习时完成），进行电位差计校正，做好测量电动势的准备工作。

2. 电极处理

将锌电极的电极片和铜电极的电极片用砂纸抛光，然后以稀 H_2SO_4 溶液短时间浸洗锌电极的电极片，以 HNO_3 溶液短时间浸洗铜电极的电极片，最后再依次用蒸馏水和相应的电解质溶液淋洗。

3. 准备下列几种电极（半电池）装置原电池，并计算各电池的电动势值（在预习时完成）

$Hg | Hg_2Cl_2 | KCl$（饱和甘汞电极）；$Zn | ZnSO_4(0.1000mol \cdot L^{-1})$；

$Cu | CuSO_4(0.1000mol \cdot L^{-1})$；$Cu | CuSO_4(0.01000mol \cdot L^{-1})$。

取贴有标签的洁净的 50mL 小烧杯，分别注入相应的溶液，再将已处理好的电极插入相应的溶液中，即构成半电池，然后再用盐桥连成所需要的原电池，如图 11-1 所示。

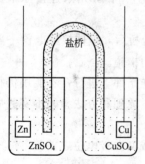

图 11-1 铜锌原电池装置

4. 用电位差计测量下列各电池的电动势

$Zn | ZnSO_4(0.1000mol \cdot L^{-1}) \| CuSO_4(0.1000mol \cdot L^{-1}) | Cu$

$Zn | ZnSO_4(0.1000mol \cdot L^{-1}) \| KCl(饱和) | Hg_2Cl_2 | Hg$

$Hg | Hg_2Cl_2 | KCl(饱和) \| CuSO_4(0.1000mol \cdot L^{-1}) | Cu$

$Hg | Hg_2Cl_2 | KCl(饱和) \| CuSO_4(0.01000mol \cdot L^{-1}) | Cu$

测量电动势时，对每个原电池均应测量 3 次，在 10～15min 内电动势变化如小于 0.5mV，即可认为达到稳定。

五、数据记录与处理

1. 计算室温时饱和甘汞电极的电极电位

对于饱和甘汞电极来说，其氯离子浓度在一定温度下是个定值，故其电极电位只与温度有关，其关系为：

$$\varphi_{甘汞}(V) = 0.2451 - 0.00065(t-25)$$

式中，t 表示实验时的室温，℃。

2. 按式(11-2)～式(11-4)计算 Cu-Zn 原电池电动势的理论值

计算时，物质的浓度要用活度表示，如 $a_{Zn^{2+}} = \gamma_\pm c_{Zn^{2+}}$，$a_{Cu^{2+}} = \gamma_\pm c_{Cu^{2+}}$，离子种类不同 $\gamma_\pm$ 的数值是不同的。$\gamma_\pm$ 的数值见表 11-1。

表 11-1　离子平均活度系数 $\gamma_\pm$（25℃）

电解质 ＼ 浓度	0.100mol·L^{-1}	0.0100mol·L^{-1}
CuSO$_4$	0.16	0.40
ZnSO$_4$	0.15	0.387

3. 根据下列电池的电动势的实验值 $E_{实}$

$$Zn\,|\,ZnSO_4(0.100mol·L^{-1})\,\|\,KCl(饱和)\,|\,Hg_2Cl_2\,|\,Hg$$
$$Hg\,|\,Hg_2Cl_2\,|\,KCl(饱和)\,\|\,CuSO_4(0.1000mol·L^{-1})\,|\,Cu$$
$$Hg\,|\,Hg_2Cl_2\,|\,KCl(饱和)\,\|\,CuSO_4(0.0100mol·L^{-1})\,|\,Cu$$

和饱和甘汞电极的电极电位 $\varphi_{甘汞}$，分别计算出实验所测锌、铜电极的电极电位，并和理论值进行比较。

六、思考题

1. "补偿法"测电动势的基本原理是什么？为什么用伏特表不能准确测定电池电动势？

2. 可逆电池应具备哪些条件？

3. 电位差计、标准电池、检流计及工作电池各有什么作用？如何维护和使用标准电池和检流计？

4. 如果电池的极性接反了，会有什么后果？工作电池、标准电池和未知电池中任何一个没有接通会有什么后果？

七、实验注意事项

1. 电动势测定前，应使六个旋钮放在"圆窗孔"内所表示的数字总和与预习时估算的被测电池电动势相接近的位置，然后进行调整测定，所以预习必须按 25℃计算出以上四组电池的电动势作为估计值。

2. 在测量过程中，经常注意校对工作电流的准确度，即每次测试前都应检查光点是否偏离零位，并加以校正，但测试过程中切勿再动零点调节旋钮。

3. 调节过程中，发现检流计受到冲击，光点摆动剧烈，漂来漂去时，应立即按一下电计左下方的"短路"按钮，检查操作方法是否正确。

4. 调节工作电流时，应先按"粗"钮调节后，再按"细"钮调节。如果颠倒按钮顺序，检流计光点将强烈摆动，甚至偏转到读数屏以外而损坏检流计。检流计不用时，将两接线柱短路，以防线圈振荡。

附1　电位差计的测量原理和使用方法

为了使测量在接近热力学可逆条件下进行，应采用按对消法（即补偿法）原理设计的一种平衡式电压测量仪器，而不能使用伏特计。因为电池与伏特计相接后，形成了通路，有电流通过，发生化学变化，电极极化，溶液浓度改变，电池的电动势不能保持稳定。且电池本身有内阻，伏特计所得的电位降仅为电势的一部分。利用对消法可使电池在无电流（或极小电流）通过时，测得其两极的静态电势，这时的电位降即为该电池的平衡电势。设 E 为电池的电动势，V 为两极的电位降，R_0 为导线上的电阻（即外阻），R_i 为电池的内阻，I 为电流。则根据欧姆定律：$E = (R_0 + R_i)I$

若只考虑外电路时，则 $V = R_oI$

两式中 I 值相等，则 $\dfrac{V}{E} = \dfrac{R_o}{R_o + R_i}$

若 R_o 很大，R_i 可忽略不计，则 $V \approx E$。外电路上差不多没有电流通过，相当于在 R_o 为无限大的情况下进行测定。在外电路上加一个方向相反而电动势几乎相同的电池，以对抗原电池的电动势，所以在测量中几乎不损耗被测对象的能量且具有很高的精确度。

电位差计与饱和标准电池、检流计等相配合，成为电压测量中最基本的测试设备。

最简单的电位差计电路原理见图 11-2，它可以分为工作电流回路和测量回路两部分。

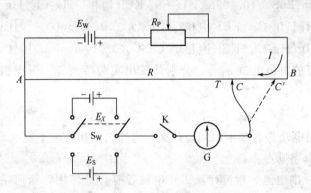

图 11-2　电位差计测量原理示意图

E_W—工作电池；E_S—标准电池；E_X—待测电池；S_W—双刀双掷开关；K—电键；
G—检流计；R_P—可变调定电阻；R—滑线电阻；T—滑动触点，I—工作电流；A～B—滑线电阻丝

在工作电流回路中，工作电流 I 由工作电池 E_W 的正极流出，经过可变电阻 R_P、滑线电阻 R 返回 E_W 的负极。如果工作电流是稳定的，则能在滑线电阻 A、B 端形成一个稳定的电位降。要求滑线电阻线的直径是均匀的，这样由 A 至 B，电阻值随长度的增加而线性增加，滑线电阻上的电位降也随长度按比例增加，如 $R = 1500\,\Omega$，而又能将 R 的全长等分 1500 小格，则每小格的电阻 $r = 1\,\Omega$，借助调定电阻 R_P，将工作电流 I 调至 1.000mA，则整根电阻丝上的电位差 $V_{AB} = 1500\text{mV}$，每小格电阻丝上的电位差 $Ir = 1\text{mV}$。这样的工作电流回路就变成一个测量电位差的量具，其测量范围为 0～1500mV。上述工作电流的调节过程称为"标定"（或"校正"），其关键是必须使工作电流准确至 1.000mA，这只有借助于标准电池的电动势来比较，才能鉴别出来。

测量回路是由标准电池 E_S、被测电池 E_X、双刀双掷开关 S_W、电键 K、检流计 G、滑线触点 T 以及滑线电阻 A～C 段的电阻丝等组成。在对工作电流标定时，先将 S_W 合向 E_S，如果 E_S 的电动势为 1.018V，则将 T 置于滑线电阻上离 A 点 1018 小格的 C 处，如 I 已被调定至 1.000mA，则 A～C 段的电位差 V_{AC} 应等于 1.018V，与 E_S 值相等。由于 E_S 的极性在接法上是使之与 V_{AC} 对消，所以如将 K 按一下，检流计 G 应显示出没有电流通过，此即表示对工作电流的标定已完成。如 $I \neq 1.000$mA，则 $V_{AC} \neq E_S$，检流计的指针或光点应发生偏转，根据偏转的方向可以判断调节电阻 R_P 应该增大还是减小，直到 I 值被标定为止。标定后的工作电流回路，就可以用来测量未知电势 E_X 了。将 S_W 合向 E_X，如 E_X 值无法预先估计，可将 T 置于 R 的中段，按一下 K，根据 G 的偏转方向来判断 T 应应向哪个方向移动。只要 E_X 值不大于 $V_{AC'}$，并且极性未接错，则通过多次测试，必定能在 R 上找到某一处 C'，这时按一下 K，G 不偏转，此 C' 即为补偿，证明 $V_{AC'}$ 已被 E_X 对消，读出 A～C' 段的长度值

（小格数），即得 E_X 的电势值。

上述介绍的电位差计补偿法测量原理图只是一个示意图，实际的电路要比它复杂得多（UJ25 型电位差计的线路图在仪器的正侧面上都有标附，以方便使用参考）。电位差计按其结构形式、测量范围、阻值高低、精度等级可以分成许多类型，下面将 UJ25 型电位差计的使用予以说明。

UJ25 型电位差计的面板布置如图 11-3 所示，使用时将转换开关旋钮放在"断"的位置，将有关的外部线路如检流计、标准电池、工作电池和待测电池等接好。电路连接必须注意，除检流计外其他电池与电位差计接线一律采取并联。工作电池正极应按所测的电动势值接在相应的接线柱上。

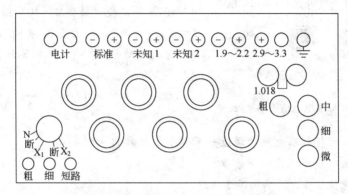

图 11-3　UJ25 型电位差计面板布置

（1）将转换开关旋向"校正（N）"，然后将标准电池校正旋钮转到相应的标准电池的电动势的数值位置上（注意将标准电池的电动势加以温度校正，其校正公式参阅附 3）。

（2）断续地按下左下方的"粗测"电键，视检流计光点偏转情况，调节可变电阻（依次用"粗"调、"中"调及"细"调），使检流计光点在刻度线中央"0"点不动（以示平衡），然后继续地按"细测"电键，再调节可变电阻（即用"细"调、"微"调），使检流计再次显示平衡。

（3）完成以上校正电位差计的手续后（此时的工作电流即可以认为是 0.001A），转换开关旋向"未知"（即测量）一方。将电位差计上的伏特读数调整到待测电池的电动势的估计值附近后（预习时计算的理论值），先按左下方的粗测电键，调节各测量旋钮至检流计光点在"0"点，再按"细测"电键，调节各低电势旋钮至检流计光点在"0"点为止。此时电位差计各测量挡所示电压数值的总和即为被测电池的电动势。

每次测量之前都要用标准电池对电位差计进行校正，否则，由于工作电池的电压不稳定会导致测量结果的不准确。

附 2　直流辐射式检流计

直流辐射式检流计的右上方有一个两旁标"200V""6V"的电源开关，分别供检流计使用交流电源或直流电源时选择。右下方的零点调节旋钮供调节光点零点时使用。左上方标有短路、×1、×0.1、×0.01 的旋钮控制着检流计中一个从电位计来的电流分流线路。"短路"表示检流计与电位计电流不通；"×1"、"×0.1"、"×0.01"都表示工作电流经过分流线路，其中"×1"为通过检流计的电流相当于电位计来的电流，此时检流计的灵敏度最高；"0.1"、"0.01"分别为通过检流计的电流相当于电位计来的电流的 1/10、1/100，将旋钮置于"0.01"位置时,灵敏度最低。

惠斯顿标准电池按硫酸镉的浓度分为饱和标准电池和不饱和标准电池,前者可逆性好,

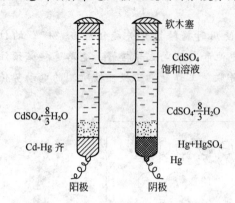

图 11-4 惠斯顿标准电池结构示意图

因而电动势的重现性、稳定性均好,但温度系数较大,须进行温度校正,一般用于精密测量中。后者的温度系数很小,但可逆性差,用在精度要求不很高的测量中,可以免除烦琐的温度校正,标准电池结构如图 11-4 所示。

1975 年,我国提供 $0\sim40℃$ 温度范围内饱和标准电池的电动势与温度关系的校正公式(其在 $20℃$ 时的电动势 E_{20} 一般标在其外套上)为:

$$\Delta E_t(\mu V) = 30.04(t-20) - 0.929(t-20)^2 + 0.0090(t-20)^3 - 0.00006(t-20)^4$$

在温度 t(℃)时电动势:$E_t = E_{20} + \Delta E_t$

为便于使用,可将标准电池的温度校正值 ΔE_t 计算出来列成表。

使用标准电池时应该注意如下事项。

(1) 温度不能低于 4℃,不能高于 40℃。

(2) 正、负极不能接错。

(3) 要平衡拿取,水平放置,绝不能倒置,摇动;受摇动后电动势会改变,应静置 5h 以上再用。

(4) 标准电池仅是作为电动势的标器,不作电源,若电池短路电流过大,会损坏电池,一般不允许放电电流大于 0.0001A。所以使用时要极短暂地、间歇地使用。

(5) 电池若未加套盖直接暴露于日光中,会使去极化剂变质,电动势下降。

(6) 不得用万用表等直接测量标准电池。

实验十二 铅蓄电池及其电极充放电曲线的测定

一、实验目的

1. 通过实验进一步理解极化概念。
2. 了解 DC-5C 电池性能测试仪的原理和使用方法。
3. 测量铅蓄电池及单电极的充放电曲线。

二、实验原理

在一定的充、放电条件下(恒流或恒阻),测定电池充电(或放电)电压随充电时间(或放电时间)的变化曲线称为电池的充电(或放电)曲线。若所测的充电(或放电)曲线是单电极电势(相对于某一参比电极)随充电时间(或放电时间)的变化,此种曲线称为单电极的充电(或放电)曲线。

铅蓄电池是一种常用的二次电池,其正极为二氧化铅,负极为海绵状铅,隔板为微孔塑料板或橡胶板,电解液为硫酸溶液,其电池符号为:

$$\text{Pb} \mid \text{H}_2\text{SO}_4 \mid \text{PbO}_2 , \text{Pb}$$

当电池充、放电时，正、负极发生的电化学反应为：

正极 $\text{PbO}_2 + \text{SO}_4^{2-} + 4\text{H}^+ + 2e^- \longrightarrow \text{PbSO}_4 + 2\text{H}_2\text{O}$

负极 $\text{Pb} + \text{SO}_4^{2-} \longrightarrow \text{PbSO}_4 + 2e^-$

电池反应 $\text{Pb} + 2\text{H}_2\text{SO}_4 + \text{PbO}_2 \longrightarrow 2\text{PbSO}_4 + 2\text{H}_2\text{O}$

根据能斯特方程，电池电动势 $E = E^{\ominus} - \dfrac{RT}{2F} \ln \dfrac{a_{\text{H}_2\text{O}}^2}{a_{\text{H}_2\text{SO}_4}^2}$

上式表明，H_2SO_4 浓度对铅蓄电池的电动势有一定影响，充电时电动势随 H_2SO_4 浓度的增加而升高，放电时电动势随 H_2SO_4 浓度的减小而降低。在实际充、放电过程中，由于电极反应过程中有极化现象存在，铅蓄电池两电极间的电势差值与计算值不一致。

温度对铅蓄电池的充放电性能影响较大，如图 12-1 所示，20℃时，正、负极放电均达 9h 以上；−20℃时，正极稳定放电可达 6h，负极稳定放电只能持续 4h。表明铅蓄电池低温充放电性能差主要原因在负极。可以通过研究加入添加剂或稀释硫酸，提高铅蓄电池低温充放电性能。因此，测定电池和单电极的充放电曲线，对电池性能改进研究具有重要的实际意义。

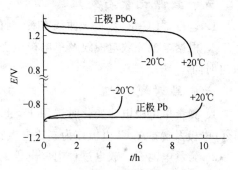

图 12-1 铅蓄电池正、负极放电曲线

三、仪器与试剂

DC-5C 电池性能测试仪 1 套，2A·h 铅蓄电池 1 个，Hg-HgSO₄ 参比电极 1 个，装有 Windows 操作系统的微机 1 台，盐桥，鲁金毛细管。

四、操作步骤

1. 电池充放电曲线的测定

（1）连接电池充放电的测试线路，DC-5C 电池性能测试的红夹子接铅蓄电池的正极，黑夹子接铅蓄电池的负极。按下电池性能测试仪的电源开关。

（2）启动微机进入 Windows 桌面后，双击"DC5"快捷图标，启动 DC-5C 控制程序。

（3）在"设定"菜单下，设定工作参数如下。

样品质量：
充电电流（在 DC5 面板调节）：
充电-V 限制 [0(off)～255mV]：off
放电结束间隔（0～255min）：0
充电限制电压（0～4V）：
放电限制（0～4.0V/0.017～99h）：1.000V

数据文件名：
放电电流（在 DC5 面板调节）：
充电结束间隔（0～255min）：0
采样间隔（5～10mV）：20
充电时间（0.017～99h）：
循环次数：1

按 S 键发送设置参数至 DC5，按 F1 键设置下一台 DC5。

相关键的功能说明：ESC 表示退出；F3 表示返回主菜单；←↑→↓ 表示选择项目；回车表示确认或运行。

（4）在主菜单下，点击"运行"，并按 DC5 面板的"RUN"。仪器开始运行并自动记录数据。

（5）DC-5C 面板显示"ALLd"字样，表示实验结束。

2. 电池单电极充放电曲线的测定

（1）测定电池负极的充放电曲线时，将 DC-5C 的黑夹子（双线）接铅蓄电池的负极，蓝色线（电流线）接铅蓄电池的正极，红棕色线（电势线）接参比电极。

（2）测定电池正极的充放电曲线时，将 DC-5C 的红夹子（双线）接铅蓄电池的正极，绿色线（电流线）接铅蓄电池的负极，白（黑）色线（电势线）接参比电极。

（3）接好线后，测量操作按步骤 1. 进行。

（4）实验完毕后，抬起记录笔，关掉各仪器电源开关。

五、数据记录与处理

1. 运行"DC-5C 数据、曲线查看，打印软件"，查看程序，打印实验结果。

2. 根据电池充放电曲线及单电极电势曲线，分别标出实验条件下各曲线相应的充电和放电时间。

六、思考题

1. 测量单电极电势变化时选用 Hg-$HgSO_4$ 电极作为参比电极，能否用甘汞电极、Hg-HgO 电极及 Ag-$AgCl$ 电极作为参比电极？

2. 测量电池充、放电过程中单电极的电势变化，采用直流数字电表测量，能否用普通电压表测电势，为什么？

七、实验注意事项

实验过程中，有关电极连接应按实验要求正确连接。

实验十三　铁的极化和钝化曲线的测定

一、实验目的

1. 掌握恒电势法测量极化曲线的原理和方法。

2. 通过实验进一步理解极化、极化曲线、金属钝化等概念。

3. 测定铁在水、H_2SO_4 及硫脲中的阴极极化、阳极极化和钝化曲线，计算铁的自腐蚀电势、腐蚀电流。

二、实验原理

研究可逆电池的电动势或电极电势时，要求电极反应是在无限接近平衡状态下进行，电极上几乎没有电流通过，电极反应是可逆的。在有电流通过电极时，电极反应是不可逆的，电极电势偏离平衡电极电势，这种现象称作电极极化。描述电极电势随电流密度变化关系的曲线称为极化曲线。极化曲线对研究电极极化过程以及金属的腐蚀与防护都有非常重要的作用。

以金属作阳极的电解过程中，通常发生阳极电化学溶解过程。如果阳极极化不大，阳极溶解速度随电势增大而增大，这时金属阳极正常溶解。在某些化学介质溶液中，当电极电势增大到某一数值时，阳极溶解速度随电势增大反而快速降低，这种现象就是金属的钝化。

金属钝化现象有很多实际应用，金属钝化对于防止金属腐蚀和在电解中保护不溶性的阳极是极为重要的。利用阳极钝化，使金属表面生成耐腐蚀保护膜防止金属腐蚀的方法，称为阳极保护法。

在另一些情况下，钝化现象却十分有害，如对于化学电源、电镀中的可溶性阳极等，这时则应尽量防止阳极钝化现象的发生。凡不利于保护膜形成或促使金属保护层破坏的因素都能防止金属钝化，例如加热、通入还原性气体、阴极极化、加入某些活性离子（如 Cl^-）、改变 pH 值等，均能防止金属钝化或使钝化后的金属重新活化。

Fe/H_2SO_4 体系是一个二重电极，即在 Fe/H_2SO_4 界面上同时进行两个电极反应：

$$Fe \Longrightarrow Fe^{2+} + 2e^- \tag{Ⅰ}$$

$$2H^+ + 2e^- \Longrightarrow H_2 \tag{Ⅱ}$$

反应（Ⅰ）及反应（Ⅱ）是共轭反应，正是由于有反应（Ⅱ）存在，反应（Ⅰ）才能不断进行，这就是铁在酸性介质中腐蚀的主要原因，当电极不与外电路接通时，其净电流 I 为零。在稳定状态下，铁溶解的阳极电流 $I(Fe)$ 和 H^+ 还原出 H_2 的阴极电流 $I(H)$，它们在数值上相等但符号相反，即

$$I_总 = I(Fe) + I(H) = 0 \tag{13-1}$$

式中，$I(Fe)$ 表示流过 Fe 电极的电流，它的大小反映了 Fe 在 H_2SO_4 中的溶解速率，而维持 $I(Fe)$ 和 $I(H)$ 相等时的电势称为 Fe/H_2SO_4 体系的自腐蚀电势 E_{COR}。

图 13-1 是 Fe 在 H_2SO_4 中的阳极极化和阴极极化曲线图，当对电极进行阳极极化（即增加正电势）时，反应（Ⅱ）被抑制，反应（Ⅰ）加快。此时，电化学过程以 Fe 的溶解为主要倾向。通过测定对应的极化电势和极化电流，就可得到 Fe/H_2SO_4 体系的阳极极化曲线 rba。由于反应（Ⅰ）是由扩散步骤所控制的，所以符合塔菲尔半对数关系，即

$$\eta(Fe) = a(Fe) + b(Fe)\lg[I(Fe)/(A \cdot cm^{-2})] \tag{13-2}$$

直线的斜率为 $b(Fe)$。

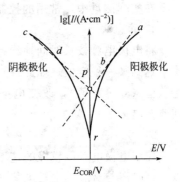

图 13-1 铁的极化曲线

当对电极进行阴极极化，即加更小的电势时，反应（Ⅰ）被抑制，电化学过程以反应（Ⅱ）为主要倾向。同理，可获得阴极极化曲线 rdc。由于 H^+ 在 Fe 电极上还原出 H_2 的过程也是由扩散步骤所控制的，故阴极极化曲线也符合塔菲尔关系，即

$$\eta(H) = a(H) + b(H)\lg[I(H)/(A \cdot cm^{-2})] \tag{13-3}$$

当把阳极极化曲线 rba 的直线部分 ab 和阴极极化曲线 rdc 的直线部分 cd 外延，理论上应交于一点（p），则 p 点的纵坐标就是 $\lg[I_{COR}/(A \cdot cm^{-2})]$，即腐蚀电流 I_{COR} 的对数，而 p 点的横坐标则表示自腐蚀电势 E_{COR} 的大小。

阳极极化进一步加强时，铁的阳极溶解进一步加快，极化电流迅速增大。当极化电势超

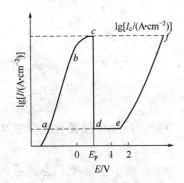

图 13-2 铁的钝化曲线

过 E_p 时，$I(Fe)$ 很快下降到 d 点，如图 13-2 所示。此后虽然不断增加极化电势，但 $I(Fe)$ 一直维持在一个很小的数值，如图中 de 段所示，直到极化电势超过 1.5V 时，$I(Fe)$ 才重新开始增加，如 ef 段所示，此时 Fe 电极上开始放出氧。从 a 点到 d 点的范围称为钝化过渡区，从 d 点到 e 点的范围称为钝化区，从 e 点到 f 点称为超钝化区。E_p 称为钝化电势，I_p 称为钝化电流。

铁的钝化现象可作如下解释：图 13-2 中 ab 段是 Fe 的正常溶解曲线，此时铁处在活化状态。bc 段出现极限电流

53

是由于 Fe 的大量快速溶解。当进一步极化时，Fe^{2+} 与溶液中 SO_4^{2-} 形成 $FeSO_4$ 沉淀层，阻滞了阳极反应。由于 H^+ 不易达到 $FeSO_4$ 层内部，使 Fe 表面的 pH 值增加；在电势超过 0.6V 时，Fe_2O_3 开始在 Fe 的表面生成，形成了致密的氧化膜，极大地阻滞了 Fe 的溶解，因而出现了钝化现象。由于 Fe_2O_3 在高电势范围内能够稳定存在，故铁能保持在钝化状态，直到电势超过 O_2/H_2O 体系的平衡电势（+1.23V）相当多（+1.6V）时，才开始产生氧气，电流重新增长。

对 Fe/H_2SO_4 体系进行阴极极化或阳极极化（在不出现钝化现象情况下）既可采用恒电流方法，也可以采用恒电势方法，所得到的结果一致。但对测定钝化曲线，必须采用恒电势方法，如采用恒电流方法，则只能得到图 13-2 中 *abcf* 部分，而无法获得完整的钝化曲线。

控制电势法测量极化曲线时，一般采用恒电势仪，它能将研究电极的电势恒定地维持在所需值，然后测量对应于该电势下的电流。由于电极表面在未建立稳定状态之前，电流会随时间而改变，故一般测出的曲线为"暂态"极化曲线。

在实际测量中，常用的控制电势测量方法有静态法和动态法。

1. 静态法

将电极电势较长时间地维持在某一恒定值，同时测量电流随时间的变化，直到电流值基本上达到某一稳定值。如此逐点地测量各个电极电势。由自腐蚀电势开始，每次改变电势的毫伏值（其绝对值），改变电势值后 1min 读取相应的电流值。先阴极极化，后阳极极化，共改变电势 200mV 左右。

2. 动态法

控制电极电势以较慢的速率连续地改变（扫描），并测量对应电势下的瞬时电流值，并以瞬时电流与对应的电极电势作图，获得整个的极化曲线。所采用的扫描速率（即电势变化的速率）需要根据研究体系的性质选定，一般来说，电极表面建立稳态的速率愈慢，则扫描速率也应愈慢，这样才能使所测得的极化曲线与采用静态法接近。

对测定的结果比较可以看出，静态法测量结果虽较接近稳态值，但测量时间太长，本实验采用动态法。

三、仪器与试剂

仪器：LK98BⅡ型电化学工作站，电解池，铁电极，饱和甘汞电极，铂电极，金相砂纸。

试剂：丙酮，$1mol \cdot L^{-1}$ H_2SO_4 溶液，$HClO_4$ 和 HAc 的混合液（按 4：1 配制），$1mol \cdot L^{-1}$ H_2SO_4 +0.5mol·L^{-1} 硫脲溶液。

四、操作步骤

1. 打开 LK98BⅡ型电化学工作站电源（不接任何电极）。

2. 打开微机电源，进入 Windows 桌面。

3. 双击 LK98 图标（运行控制程序）。

4. 按 LK98BⅡ型电化学工作站面板上的"Reset"按钮（黄色），进行仪器自检（成功后可听到有继电器动作的声音，让仪器预热 10min）。

5. 用金相砂纸将 Fe 电极表面磨亮，随后用丙酮去油，再用去离子水洗净。去油后的 Fe 电极进一步进行电抛光处理。即将电极放入 $HClO_4$、HAc 的混合液中（按 4：1 配制）

进行电解。Fe 工作电极为阳极（正极），Pt 电极为阴极（负极），电流密度为 $80mA\cdot cm^{-2}$（铁电极），电解 2～3min，取出后用蒸馏水洗净，用滤纸吸干后，立即放入电解池中。

6. 在电解池内倒入约 50mL $1mol\cdot L^{-1} H_2SO_4$ 溶液，插入 Pt 电极、甘汞电极。

7. 电化学工作站与电解池连接（各电极的连接顺序）：

① 参比电极（甘汞电极）；② 辅助 Pt 电极；③ 研究电极（Fe）。

8. 单击菜单上"实验方法选择"→方法种类→线性扫描技术→具体方法→塔菲尔曲线→确定。

9. 塔菲尔曲线参数设定。

基线（关），iR 降补偿（关），灵敏度选择（$1\mu A$），滤波参数（50Hz），放大倍率（1），初始电位（V）：-1.9，终止电位（V）：1.9，扫描速度（V/s）：0.002，等待时间（s）：0。

10. 单击菜单上"开始实验"按钮（开始扫描和自动记录，整个扫描大约需要 10min，扫描结束后，自动终止实验）。

11. 保存记录，关闭程序，关微机，关电化学工作站电源。

12. 实验完毕，拆除三电极上连接导线（按连接的相反顺序），洗净电解池和各电极，测量 Fe 电极的面积。

13. 同理，分别测定 Fe 电极在蒸馏水中和 $1mol\cdot L^{-1} H_2SO_4$ 与 $0.5mol\cdot L^{-1}$ 硫脲（金属缓蚀剂）混合溶液中的塔菲尔曲线。

五、数据记录与处理

1. 用半对数坐标纸，作阳极极化曲线和阴极极化曲线，由两条切线的交点求 p，求自腐蚀电位 E_{COR}、自腐蚀电流 I_{COR}、自腐蚀电流密度 J_{COR} 和自腐蚀速度 v。

$$v = \frac{M}{nF}J_{COR} = 3.73 \times 10^{-4} \frac{M}{n}J_{COR}$$

式中，v 为自腐蚀速度，$g\cdot m^{-2}\cdot h^{-1}$；$J_{COR}$ 为自腐蚀电流密度，$\mu A\cdot cm^{-2}$；n 为金属的价数；F 为法拉第常数。

2. 比较 Fe 电极在蒸馏水、$1mol\cdot L^{-1} H_2SO_4$、$1mol\cdot L^{-1} H_2SO_4 + 0.5mol\cdot L^{-1}$ 硫脲溶液中的 E_{COR}、I_{COR} 和自腐蚀速度 v。

六、思考题

1. 什么是极化作用？如何增大极化作用？

2. 从极化电势的改变，如何判断所进行的极化是阳极极化还是阴极极化？

3. 在测量过程中，参比电极和辅助电极各起什么作用？

4. 为什么加入金属缓蚀剂后可以降低金属的自腐蚀？有哪些常用的金属缓蚀剂？

七、实验注意事项

1. 实验中，正确连接有关电极。

2. 在测定过程中不能断开连线或将电极离开溶液，否则容易损坏仪器。按"终止实验"按钮后，才能将电极离开溶液。

实验十四　电势-pH 值曲线的测定

一、实验目的

1. 进一步掌握能斯特方程，理解电极电势、电池电动势和 pH 值的关系。

2. 了解电势-pH 值图的意义及应用，掌握电极电势、电池电动势和 pH 值的测量原理和方法。

3. 测定 Fe^{3+}/Fe^{2+}-EDTA 溶液在不同 pH 值下的电极电势，绘制电势-pH 值曲线。

二、实验原理

有 H^+（或 OH^-）参与电极反应的电极，其电极电势大小与溶液的 pH 值有关。对于一个电极电势与 pH 值有关的电极，在保证电解质溶液中其他物质浓度的不变条件下，改变溶液的 pH 值，测定不同 pH 值下的电极电势可绘出该电极的电极电势-pH 值曲线，即电势-pH 值曲线。例如，用于天然气脱硫条件选择的 Fe^{3+}/Fe^{2+}-EDTA 配合体系和 S/H_2S 体系的电势-pH 值曲线，如图 14-1 所示。

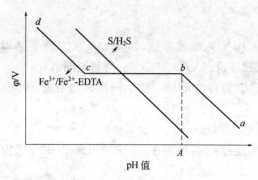

图 14-1　电势-pH 值曲线示意图

图 14-1 表明，Fe^{3+}/Fe^{2+}-EDTA 体系的电势-pH 值曲线可分为 ab、bc 和 cd 三部分，ab 和 cd 段电势随溶液 pH 值的变化呈线性关系，bc 段电势与溶液的 pH 值无关，而该体系的电势-pH 值的这种关系可用能斯特方程说明。为方便起见，用 Y^{4-} 表示 EDTA 的阴离子。

（1）在高 pH 值区域即 ab 段，溶液中的配合离子为 $Fe(OH)Y^{2-}$ 和 FeY^{2-}，电极反应为：

$$Fe(OH)Y^{2-} + e^- \Longrightarrow FeY^{2-} + OH^-$$

电极电势的能斯特方程如下：

$$\varphi = \varphi^{\ominus} - \frac{RT}{F}\ln\frac{a(FeY^{2-}) \times a(OH^-)}{a[Fe(OH)Y^{2-}]} \tag{14-1}$$

式中，$\varphi^{\ominus}$ 为标准电极电势；a 为活度。

$$a = \gamma m \tag{14-2}$$

根据水的活度积值 K_w、pH 值的定义及式（14-2），可将式（14-1）写为

$$\varphi = \varphi^{\ominus} - \frac{RT}{F}\ln\frac{\gamma(FeY^{2-}) \times K_w}{\gamma[Fe(OH)Y^{2-}]} - \frac{RT}{F}\ln\frac{m(FeY^{2-})}{m[Fe(OH)Y^{2-}]} - \frac{2.303RT}{F}pH \tag{14-3}$$

令 $b_1 = \dfrac{RT}{F}\ln\dfrac{\gamma(FeY^{2-}) \cdot K_w}{\gamma[Fe(OH)Y^{2-}]}$，在溶液离子强度和温度一定时，$b_1$ 为常数，

$$\varphi = (\varphi^{\ominus} - b_1) - \frac{RT}{F}\ln\frac{m(FeY^{2-}) \times K_w}{m[Fe(OH)Y^{2-}]} - \frac{2.303RT}{F}pH \tag{14-4}$$

若 EDTA 大大过量，二价与三价铁配合物的浓度可视为配制溶液时铁离子的浓度，即 $m(FeY^{2-}) \approx m(Fe^{2+})$；$m[Fe(OH)Y^{2-}] \approx m(Fe^{3+})$，当 $m(Fe^{3+})$ 与 $m(Fe^{2+})$ 比例一定时，φ 与 pH 值呈线性关系，即图 14-1 中 ab 段。

（2）在特定的 pH 值范围内即 bc 段，溶液中 Fe^{2+} 和 Fe^{3+} 与 EDTA 生成的配合离子为 FeY^- 和 FeY^{2-}，参与电极反应的物质为 FeY^- 和 FeY^{2-}，电极反应为：

$$FeY^- + e^- \Longrightarrow FeY^{2-}$$

电极电势表达式为：

$$\varphi = \varphi^{\ominus} - \frac{RT}{F}\ln\frac{a(\text{FeY}^{2-})}{a(\text{FeY}^{-})} = \varphi^{\ominus} - \frac{RT}{F}\ln\frac{\gamma(\text{FeY}^{2-})}{\gamma(\text{FeY}^{-})} - \frac{RT}{F}\ln\frac{m(\text{FeY}^{2-})}{m(\text{FeY}^{-})}$$

$$= (\varphi^{\ominus} - b_2) - \frac{RT}{F}\ln\frac{m(\text{FeY}^{2-})}{m(\text{FeY}^{-})} \tag{14-5}$$

式中，$b_2 = \dfrac{RT}{F}\ln\dfrac{\gamma(\text{FeY}^{2-})}{\gamma(\text{FeY}^{-})}$

当温度一定时，b_2 为常数，在该 pH 值范围内，体系的电势只与 $m(\text{FeY}^{2-})/m(\text{FeY}^{-})$ 比值有关。在 $m(\text{Fe}^{3+})$ 与 $m(\text{Fe}^{2+})$ 比例一定时，$m(\text{FeY}^{2-})/m(\text{FeY}^{-})$ 比值一定，φ 与 pH 值无关，即出现图 14-1 中 bc 段。

(3) 在低 pH 值时，溶液中 Fe^{2+} 和 Fe^{3+} 与 EDTA 生成的配合离子为 FeHY^{-} 和 FeY^{-}，电极反应为：

$$\text{FeY}^{-} + \text{H}^{+} + \text{e}^{-} = \text{FeHY}^{-}$$

同理可得出

$$\varphi = (\varphi^{\ominus} - b_3) - \frac{RT}{F}\ln\frac{m(\text{FeHY}^{-})}{m(\text{FeY}^{-})} - \frac{2.303RT}{F}\text{pH} \tag{14-6}$$

在 $m(\text{Fe}^{2+})/m(\text{Fe}^{3+})$ 与比例一定时，φ 与 pH 值呈线性关系，即图 14-1 中的 cd 段。

因此，将体系（$\text{Fe}^{3+}/\text{Fe}^{2+}$-EDTA 体系）与惰性金属 Pt 丝组成一个电极，与参比电极（饱和甘汞电极）组成一电池，测定电池的电动势，用酸度计测定溶液的 pH 值，绘制出电势-pH 值曲线。

电势-pH 值曲线在研究和指导涉及金属腐蚀，天然气脱硫等问题的工艺条件选择方面有广泛的应用。对于天然气脱硫，在电势平台区的 pH 值范围内，$m(\text{Fe}^{3+})/m(\text{Fe}^{2+})$ 比值一定的脱硫液，其电极电势与反应 $\text{S} + 2\text{H}^{+} + \text{e}^{-} = \text{H}_2\text{S}$ (g) 的电极电势之差（数值大小反映脱硫的热力学趋势大小）随 pH 值增加而增大，点 A 处，此差值最大，pH 值超过 A 点时，此差值不再增加。因此，选择 A 处或大于 A 点 pH 值脱硫热力学趋势最大，但同时需考虑铁配合物的稳定性。

三、仪器与试剂

仪器：数字电位差计 1 台，酸度计 1 台，铂电极 1 支，玻璃电极 1 支，饱和甘汞电极 1 支，氮气钢瓶 1 个，500mL 五颈瓶 1 只，玻璃滴管 2 支。

试剂：$0.5\text{mol}\cdot\text{L}^{-1}$ EDTA 四钠盐溶液，$0.1\text{mol}\cdot\text{L}^{-1}\text{NH}_4\text{Fe}(\text{SO}_4)_2$ 溶液，$0.1\text{mol}\cdot\text{L}^{-1}(\text{NH}_4)_2\text{Fe}(\text{SO}_4)_2$ 溶液，$2\text{mol}\cdot\text{L}^{-1}$ NaOH 溶液，$4\text{mol}\cdot\text{L}^{-1}$ HCl 溶液。

四、操作步骤

电势-pH 值测定实验装置如图 14-2 所示。

1. 检查线路（电动势测定线路是否接好），并仔细阅读有关数字式酸度计的使用说明书，按使用要求做好仪器测量前的准备工作。

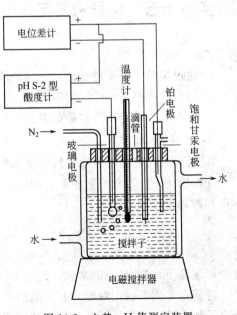

图 14-2　电势-pH 值测定装置

2. 分别量取一定体积的 Fe^{2+}、Fe^{3+}、EDTA 溶液，本实验用量 $V(Fe^{2+})=V(Fe^{3+})=$ 21mL，$V(EDTA)=28mL$，置于洁净的五颈瓶中，用 $2mol \cdot L^{-1}$ NaOH 溶液调节体系的 pH=7.5～8.0。

3. 小心地将玻璃电极、甘汞电极分别插入五颈瓶的 3 个孔内，浸入液面下，往溶液中通入 N_2 使之鼓泡（整个实验测定过程中，溶液都必须在通入 N_2 条件下进行）。

4. 电势-pH 值曲线的测定，将待测电池的甘汞电极和玻璃电极的导线分别接到酸度计的"＋"和"－"两端，测定并记录溶液 pH 值，然后将甘汞电极的导线接到电位差计"测量"的"＋"端，铂电极接"－"端，测定两电极之间的电动势，即为 Fe^{2+}、Fe^{3+} 和 ED-TA 体系在该 pH 值下的电势（注：为了保证测量数据的重现性，每一 pH 值，电动势和 pH 值交替测定两次）。用滴管往五颈瓶的 N_2 出气口附近滴加少量 $4mol \cdot L^{-1}$ HCl 溶液并摇动均匀，重新测定 pH 值及相应的电动势。pH 值每次改变约 0.3，直至 pH 值约 3.0，溶液出现浑浊为止。

五、数据记录与处理

正确记录所测的 pH 值及对应的电动势数据，并将测定的电动势换算成电极的电极电势，然后绘制电势-pH 值曲线，根据曲线确定 FeY^- 和 FeY^{2-} 稳定存在的 pH 值范围。

六、思考题

1. 写出 Fe^{3+}/Fe^{2+}-EDTA 体系在电势平台区、低 pH 值和高 pH 值时，体系的基本电极反应及其所对应的电极电势公式的具体表达式，并指出各项的物理意义。

2. 脱硫液的 $m(Fe^{3+})/m(Fe^{2+})$ 比值不同，测得的电势-pH 值曲线有什么差异？

3. 安装玻璃电极和甘汞电极测溶液 pH 值时应注意哪些问题？

七、实验注意事项

1. 使用酸度计前要进行标定。

2. 玻璃电极使用前要在蒸馏水中浸泡活化。

实验十五   电导法测定弱电解质的解离常数及难溶盐的溶解度

一、实验目的

1. 通过实验进一步理解摩尔电导率的概念，掌握电导率仪的使用方法。

2. 用电导法测定乙酸的解离常数。

3. 用电导法测定难溶盐硫酸钡的溶解度。

二、实验原理

1. 电导法测定弱电解质乙酸的解离常数

在浓度为 c 的乙酸溶液中，乙酸解离达到平衡时，其解离度为 α，其解离常数与乙酸的浓度和解离度的关系如下：

$$K^{\ominus} = \frac{\alpha^2}{1-\alpha} \times \frac{c}{c^{\ominus}} \tag{15-1}$$

在一定温度下，$K^{\ominus}$ 是一个常数，因此可以通过测乙酸在不同浓度下的解离度求出 $K^{\ominus}$。

对弱电解质来说，对电导有贡献的只是已解离的部分，解离度较小，离子浓度很低，根据离子独立运动定律，可以认为它的解离度 α 近似等于溶液在浓度为 c 时的摩尔电导率 Λ_m

和无限稀释摩尔电导率 Λ_m^∞ 之比，即

$$\alpha = \frac{\Lambda_m}{\Lambda_m^\infty} \tag{15-2}$$

将式(15-2)代入式(15-1)，得

$$K^\ominus = \frac{\Lambda_m^2}{\Lambda_m^\infty(\Lambda_m^\infty - \Lambda_m)} \times \frac{c}{c^\ominus} \tag{15-3}$$

根据离子独立运动定律，电解质的 Λ_m^∞ 可以由离子极限摩尔电导率求出，$\Lambda_m^\infty = \Lambda_{m,+}^\infty + \Lambda_{m,-}^\infty$，在 25℃时乙酸的 Λ_m^∞ 为 $3.908 \times 10^{-2}\,S \cdot m^2 \cdot mol^{-1}$。

本实验应用电导率仪，测出电解质溶液的电导率 κ。因乙酸是弱电解质，实验测得的乙酸溶液的电导率为乙酸的电导率和水的电导率之和，因此 $\kappa(HAc) = \kappa(溶液) - \kappa(H_2O)$。依据摩尔电导率的定义：

$$\Lambda_m = \frac{\kappa}{c} \tag{15-4}$$

进而计算出电解质摩尔电导率，就可以根据式(15-3)计算出解离平衡常数。

2. 电导法测难溶盐的溶解度

用电导法还可测定难溶盐的溶解度，如测定 $BaSO_4$ 溶解度。因 $BaSO_4$ 在水中溶解度很小，实验测得的 $BaSO_4$ 饱和水溶液的电导率为 $BaSO_4$ 的电导率和水的电导率之和，因此

$$\kappa(BaSO_4) = \kappa(溶液) - \kappa(H_2O)$$

因为 $\quad \Lambda_m = \frac{\kappa}{c}$，所以 $\quad c = \frac{\kappa_{BaSO_4}}{\Lambda_{m(BaSO_4)}}$

由于 $BaSO_4$ 溶液极稀，饱和水溶液中 $BaSO_4$ 摩尔电导率 Λ_m，可以看作无限稀释溶液中 $BaSO_4$ 的摩尔电导率 Λ_m^∞，所以 $c = \frac{\kappa_{BaSO_4}}{\Lambda_{m(BaSO_4)}^\infty}$

根据离子独立运动定律，$\Lambda_m^\infty(BaSO_4)$ 可由 $\Lambda_m^\infty\left(\frac{1}{2}Ba^{2+}\right)$ 和 $\Lambda_m^\infty\left(\frac{1}{2}SO_4^{2-}\right)$ 相加得到。即：

$$\Lambda_m^\infty(BaSO_4) = 2\Lambda_m^\infty\left(\frac{1}{2}Ba^{2+}\right) + 2\Lambda_m^\infty\left(\frac{1}{2}SO_4^{2-}\right)$$

三、仪器与试剂

仪器：DDS-11A 型电导率仪 1 套，DTS-1 铂金电极 1 个，电导池 1 个，恒温槽 1 台，25mL 移液管，锥形瓶。

试剂：乙酸溶液（$0.1\,mol \cdot L^{-1}$、$0.05\,mol \cdot L^{-1}$、$0.025\,mol \cdot L^{-1}$、$0.02\,mol \cdot L^{-1}$），$BaSO_4$（分析纯），蒸馏水。

四、操作步骤

DDS-11A 型数字电导率仪面板结构如图 15-1 所示。

1. 常数校正

打开电源，把温度补偿旋钮调至室温位置。把功能旋钮调至校正位置，转动常数校正旋钮，使屏幕显示出电极上所标的电导池常数。

2. 测量

把电极放入蒸馏水，选择适当量程，把功能旋钮放在测量位置，显示屏即显示出水的电

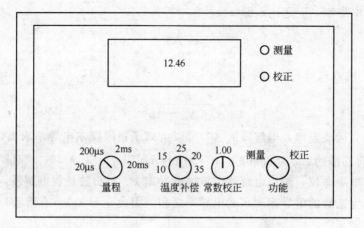

图 15-1　DDS-11A 型数字电导率仪面板结构

导率。若量程选择不当，则显示屏闪烁不停，应调整量程。

用同样方法测 $0.1mol \cdot L^{-1}$、$0.05mol \cdot L^{-1}$、$0.025mol \cdot L^{-1}$、$0.02mol \cdot L^{-1}$ 乙酸的电导率。每次测量先用蒸馏水冲洗电极，再用待测液体冲洗电极。

3. 测定 $BaSO_4$ 饱和溶液的电导率

称约 1g $BaSO_4$ 固体放入 100mL 干净烧杯中，加入约 80mL 蒸馏水，搅拌加热沸腾。倒掉清液，以除去 $BaSO_4$ 所含可溶性杂质。按此法重复二次。再加入约 80mL 蒸馏水，加热沸腾使之充分溶解，冷至室温，等固体沉到瓶底后，将上层溶液倒入干燥的锥形瓶中，放入恒温槽恒温 15～20min 后，按前述方法测其电导率。下层固体再加入 40mL 蒸馏水，重复上述操作，测其电导率，直至数据一致为止。

五、数据记录与处理

1. 列表记录所测的电导率 κ。
2. 计算摩尔电导率 Λ_m。
3. 计算乙酸的解离常数和硫酸钡的溶解度。

六、思考题

1. 为什么本实验必须采用交流电？
2. 测定溶液电导率时为什么要恒温？
3. 乙酸浓度高时能否用此法测解离常数？

七、实验注意事项

1. 铂黑电极要浸没在液面以下。
2. 每次测定前要校正电导率仪。

第三节　化学动力学

实验十六　蔗糖的转化反应速率常数的测定

一、实验目的

1. 根据物质的光学性质研究蔗糖转化过程中的浓度变化，测定其反应速率常数。

2. 了解该反应的反应物浓度与旋光度之间的关系。

3. 了解旋光仪的基本原理，掌握旋光仪的使用方法。

二、实验原理

蔗糖在水中转化成葡萄糖和果糖，其反应方程式为：

$$C_{12}H_{22}O_{11} + H_2O \xrightarrow{H^+} C_6H_{12}O_6 + C_6H_{12}O_6$$

$$\text{蔗糖} \qquad\qquad\qquad \text{葡萄糖} \qquad \text{果糖}$$

此反应在催化剂 H^+ 浓度固定的条件下，本是二级反应，虽然有部分水参加反应，但反应过程中水的浓度变化很小，可近似看作定值，因此反应速率只与蔗糖浓度成正比，蔗糖转化反应可视为一级反应，其浓度与时间关系符合一级反应的动力学方程：

$$k = \frac{2.303}{t}\lg\frac{c_0}{c_0-x} \tag{16-1}$$

式中，k 为速率常数；t 为反应时间；c_0 为反应开始时蔗糖的浓度；x 为反应时间 t 时已反应的反应物浓度；(c_0-x) 为 t 时蔗糖的浓度。

本反应中蔗糖及其转化物均具有旋光性，且旋光能力不同，故可用体系反应过程中旋光度的变化来量度反应的进程。

测量旋光度所用的仪器称为旋光仪。溶液的旋光度与溶液中所含旋光物质的旋光能力、溶剂的性质、溶液的浓度及厚度、光源波长以及温度等均有关系，在其他条件固定时，旋光度与反应物质浓度 c 成直线关系：

$$\alpha = Kc \tag{16-2}$$

式中的比例常数 K 与物质的旋光能力、溶剂性质、溶液厚度、温度、光源波长等有关系。

物质的旋光能力用比旋光度来量度，比旋光度可用下式表示：

$$[\alpha]_D^{20} = \frac{\alpha \times 100}{Lc} \tag{16-3}$$

式中，20 为实验时的温度20℃；D 指所用钠灯光源 D 线，波长 589nm；α 为测得的旋光度，(°)；L 为样品管的长度，dm；c 为浓度，g/100mL。

蔗糖为右旋性物质，其比旋光度 $[\alpha]_D^{20} = 66.6°$，生成物中葡萄糖也是右旋性物质，其比旋光度 $[\alpha]_D^{20} = 52.5°$，但果糖是左旋性物质，其比旋光度 $[\alpha]_D^{20} = 91.9°$。因此，当水解反应进行时，右旋角不断减小，到反应终了时，体系将变成左旋。

$$\text{最初的旋光度 } \alpha_0 = K_{\text{反}} \cdot c_0 \tag{16-4}$$

（$t=0$ 表示蔗糖尚未转化）

$$\text{最终的旋光度 } \alpha_\infty = K_{\text{生}} \cdot c_0 \tag{16-5}$$

（$t=\infty$ 表示蔗糖已完全转化）

式中，$K_{\text{反}}$、$K_{\text{生}}$ 分别为反应物与生成物的比例常数；c_0 是反应物的最初浓度，也是生成物的最终浓度。

当时间为 t 时，蔗糖的浓度为 c，其旋光度为 α_t；

$$\alpha_t = K_{\text{反}} \cdot c + K_{\text{生}}(c_0-c) \tag{16-6}$$

由式(16-4)、式(16-5)、式(16-6)联立解得：

$$c_0 = \frac{\alpha_0 - \alpha_\infty}{K_{\text{反}} - K_{\text{生}}} = K'(\alpha_0 - \alpha_\infty) \tag{16-7}$$

$$c=\frac{\alpha_t-\alpha_\infty}{K_{反}-K_{生}}=K'(\alpha_t-\alpha_\infty) \tag{16-8}$$

将式(16-7)、式(16-8) 代入式(16-1) 即得：

$$k=\frac{2.303}{t}\lg\frac{\alpha_0-\alpha_\infty}{\alpha_t-\alpha_\infty} \tag{16-9}$$

或

$$\lg(\alpha_t-\alpha_\infty)=-\frac{k}{2.303}t+\lg(\alpha_0-\alpha_\infty) \tag{16-10}$$

由式(16-10) 可以看出，若以 $\lg(\alpha_t-\alpha_\infty)$ 对 t 作图为一直线，由直线斜率可以求得反应速率常数 k。

三、仪器与药品

仪器：旋光仪一台，恒温槽一套，秒表一只，25mL 移液管 2 支，100mL 锥形瓶一只。

试剂：$2mol\cdot L^{-1}$ HCl 溶液，$0.2g\cdot mL^{-1}$ 蔗糖溶液。

四、操作步骤

1. 调整恒温槽温度至 25℃，用移液管取 25mL 蔗糖溶液于 100mL 锥形瓶中，并将 $2mol\cdot L^{-1}$ HCl 溶液、旋光管等全部浸入恒温槽，恒温约 20min。

2. 旋光仪零点的校正

将空旋光管放入仪器中，接通电源使灯发亮。调节目镜使视野清晰，然后慢慢转动检偏镜，使视场三部分亮度相等，也就是在视野中能观察到明暗相等的三分视野为止，这时借助刻度盘上的游标卡尺，通过放大镜读取刻度。重复操作二次，取其平均值。

3. 用移液管取 25mL $2mol\cdot L^{-1}$ HCl 溶液，置于盛有蔗糖溶液的锥形瓶中，并小心地摇匀。HCl 加入一半开始计时，此即反应开始的时间。

4. 将旋光管取出，用少量混合液洗两次，将混合液灌入旋光管中，再置入恒温槽中恒温，待反应至第五分钟取出擦干，于旋光仪中测反应 5min 时的旋光度。

5. 此后在第 10min、15min、20min、30min、45min、60min 时，分别读取当时的旋光度 α_t。

6. α_∞ 的测定。为了获得反应终了时的旋光 α_∞ 并节省时间，可在进行上述过程的同时，将锥形瓶中剩下的混合液置于水浴中，保持 65℃加热 0.5h 后（加热过程中要加瓶塞，避免溶液蒸发影响浓度），将上面实验所用旋光管中的溶液倒出，用加热后的混合液少许测洗旋光管，然后灌满，置于 25℃恒温槽冷却后，测其旋光度，即为 α_∞。

五、数据记录与处理

1. 记录试验温度、反应时间 t 及与反应时间 t 对应的旋光度 α_t。

2. 作 $\ln(\alpha_t-\alpha_\infty)$-$t$ 图，由直线斜率求反应速率常数 k。

六、思考讨论题

1. 蔗糖转化速率与哪些因素有关？

2. 由旋光角表示一级反应方程式：$\lg(\alpha_t-\alpha_\infty)=-\frac{k}{2.303}t+\lg(\alpha_0-\alpha_\infty)$，在计算 k 时有没有必要先测出 α_0？而实验中将酸和蔗糖溶液混合时，反应立即进行，而测定旋光角只能在经过一段时间以后，何以求得反应开始时的旋光度 α_0？

3. 实验中，蔗糖转化过程中每次所测的旋光度读数是否都需进行零点校正？为什么？

七、实验注意事项

1. 测量间隔时间过长时，可将钠光灯熄灭，以免过热损坏。

2. 旋光管在使用前必须洗净，不可沾染任何液体。

3. 旋光管装入溶液时，不能使其中有气泡，为此可将溶液装得高出管口边缘，形成凸液面，然后将玻璃片从管口边缘推上挡好。由于反应混合液的酸度较大，因此样品管（即旋光管）一定要擦净后才能放入旋光仪，以免管外粘附的反应液腐蚀旋光仪。当旋光管内装好溶液盖上小玻片后，填上橡皮垫圈，拧上旋光管盖，但不可过紧，以免损坏。实验结束后应立即将旋光管洗净干燥，防止酸对旋光管的腐蚀。

4. 转动检偏镜时，必须小心，切勿用力过猛，否则将会损坏棱镜。

5. 每次转动检偏镜时，测第一个视场均匀处，即为该溶液的旋光角。若转动过多，则将出现第二个较亮的视场均匀处。此时检偏镜所转角度和第一次的相差90°，但在视场转亮时判断亮度均匀的准确度较差。

附　旋光仪的原理及使用方法

旋光仪是研究溶液旋光性的仪器，通过对某些分子的旋光性的研究，可以了解其立体结构的许多重要规律。所谓旋光性就是指某一物质在一束平面偏振光通过时能使其偏振方向转过一个角度的性质。此角称为旋光度，其方向和大小与该分子的立体结构有关，在溶液状态的情况下，旋光度还与其浓度有关。旋光仪就是用以测定平面偏振光通过具有旋光性物质时的旋光度的方向和大小的，从而定量测定旋光物质的浓度，确定某些有机分子的立体结构。

旋光仪的式样有多种，但构造原理是一致的，其结构的主要部分如图16-1所示。

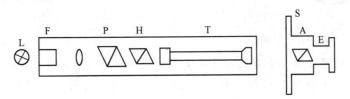

图 16-1　旋光仪结构示意图

L—纳光灯；F—毛玻璃；P—起偏镜；H—辅助镜；T—样品管；

S—刻度盘；A—检偏镜；E—目镜

根据光学研究，自然光如日光、烛光、灯光等其光波在与光传播方向垂直的一切可能方向上振动，也就是说，其振动面在各种方向上都有，这种光称为非偏振光，而只在一个固定方向有振动的光称为偏振光。当自然光通过尼科耳棱镜（此是旋光仪的主要部件，是由长度约为宽度三倍的透明的方解石沿一定方向锯开后磨光，再用加拿大树胶黏合而成的）时，则只有在一个振动面内振动的光可以透过，而在其他振动面内振动的光被折射而不能透过（见图16-2）。从而在尼科耳棱镜的出射方向上获得了一束单一的平面偏振光，该尼科耳棱镜称为起偏镜，用于产生偏振光。

测量偏振光振动平面在空间轴向的角度位置，也是借助一块尼科耳棱镜，此称为检偏镜，它是将振片固定在两保护玻璃之间，并随刻度盘同轴转动。

图 16-1 中，P、A 分别是旋光仪起偏镜和检偏镜。由 P 出来的偏振光在 E 处观察。当 A 和 P 两镜偏振面互相平行时，则光线可以全部通过，视场最亮。如两棱镜偏振而互相垂

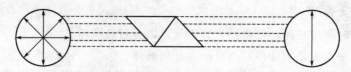

图 16-2　偏振光产生示意图

直，则光线完全不能通过，视场最暗；当两棱镜由垂直转向相互平行的过程中，通过的光由弱变强，而视场也渐渐由暗变亮，利用这个原理即可以测定偏振光被旋光物质所旋转的角度。

假设没有辅助镜 H 存在，在 T 管内没有放入旋光物溶液时，旋转 A 镜使其和 P 相互垂直，则视场最暗。然后在 T 管内放入旋光物溶液，则由于偏振光的振动面被旋转一角度而能使部分光通过 A 镜，所以视场又稍明亮。再旋转 A 使现场变为最暗，则 A 所旋转的角度即为旋光物质对偏振光所旋转的角度。此角度的大小可由和 A 相连的指针在固定的刻度盘 S 上读出。

但是，若没有一个标准作对比，而只是观察视场的最暗或最亮，则很难准确。为此，在旋光仪中装置了两个（或一个）辅助镜 H，放在起偏镜前面遮住视野的一部分。辅助镜有多种，它的作用是被它遮住的一部分偏振光在经过它时偏振面被旋转一角度，而未被辅助镜遮挡的部分偏振光其偏振面仍为原来的方向，在镜前看到光波的振动方向如图 16-3 所示。

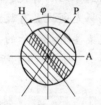

图 16-3　光波的振动方向示意图

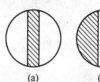

(a)　　　　(b)　　　　(c)

图 16-4　旋光仪的三分视野示意图

(1) 当 A 镜的振动面与 P 镜振动面垂直时，视场内中间暗、两边亮，如图 16-4(a)。

(2) 当 A 镜的振动面与 H 镜振动面垂直时，视场内中间亮、两边暗，如图 16-4(b)。

(3) 当 A 镜的振动面与 P、H 两镜振动面夹角（半暗角）等分线垂直或平行时，视场中三部分的亮度相等，如图 16-4(c)，如果将 A 镜略向任一方向加以旋转，光的均匀性就会被破坏。

旋光仪的使用方法如下。

首先开启钠光灯，待 2～3min 光源稳定后，以望远镜目镜看视野，如不清楚可调节望远镜焦距。转动检偏镜 A 使视场中三部分亮度相等，所得读数记作零点。

零点确定后，将旋光物质装入样品管中，放入旋光仪样品管的槽中，由于试样的旋光作用使得视场的三部分亮度不同。此时旋转检偏镜 A，使视场的三部分亮度重新相同，而检偏镜 A 所转动的角度即为旋光角。检偏镜与刻度相连，刻度盘为360℃，每格一度，游标20小格，直读到 0.05℃，准确度可达±0.05℃。

与所有光学仪器一样，在使用旋光仪过程中，须当心使用和妥善保养。平时用防尘罩盖好，以免灰尘侵入。使用前后用清洁软布或擦镜纸擦拭镜头。使用时，仪器金属部分切忌沾上酸碱。样品管的玻璃窗口用螺丝帽盖及橡皮垫圈拧紧，但不能拧得过紧，以不漏水为限。在样品管中装好溶液后，管的周围及两端的玻璃片均应保持洁净，旋光管用后要用水洗净、晾干。注意在实验时，切勿将钠光灯泡直接插上 220V 电源，一定要经过镇流器。

在使用仪器之前，须对仪器的构造原理、性能及使用注意事项有全面的了解，并熟悉仪器刻度的读数及寻找三部分亮度相等视场的操作要领。

实验十七　丙酮碘化

一、实验目的

1. 通过本实验加强对复合反应特征的理解。
2. 利用分光光度法测定丙酮碘化反应的级数、速率常数和表观活化能。
3. 了解分光光度计的原理，掌握分光光度计的使用方法。

二、实验原理

只有少数化学反应是由一个基元反应组成的简单反应，大多数化学反应并不是简单反应，而是由若干个基元反应组成的复合反应。复合反应的反应速率与反应物浓度间的关系，不能用质量作用定律表示。因此用实验测定反应速率与反应物或产物浓度间的关系，即测定反应中各组分的分级数，从而得到复合反应的速率方程，乃是研究反应动力学的重要内容。

对于复合反应，当知道反应速率方程的形式后，就可以对反应机理进行某些推测。如该反应究竟由哪些步骤完成、各个步骤的特征和相互联系如何等。

实验测定表明，丙酮与碘在稀的中性水溶液中反应是很慢的。在强酸条件下（如盐酸），该反应进行得相当快。但强酸的中性盐不增加该反应的反应速率。在弱酸条件下（如乙酸），对加快反应速率的影响不如强酸（如盐酸）。

酸性溶液中，丙酮碘化反应是一个复合反应，其反应式为：

$$CH_3\text{—}CO\text{—}CH_3(A)+I_3^- \xrightarrow{H^+} CH_3\text{—}CO\text{—}CH_2I(E)+2I^-+H^+ \qquad (17\text{-}1)$$

该反应由 H^+ 催化，而反应本身又能生成 H^+，所以这是一个 H^+ 自催化反应，其速率方程为：

$$r=\frac{-dc(A)}{dt}=\frac{-dc(I_3^-)}{dt}=\frac{dc(H^+)}{dt}=\frac{dc(E)}{dt}=kc^\alpha(A)c^\beta(I_3^-)c^\delta(H^+) \qquad (17\text{-}2)$$

式中，r 为反应速率；k 为反应速率常数，$c(A)$、$c(I_3^-)$、$c(H^+)$、$c(E)$ 分别为丙酮、碘、氢离子、碘化丙酮的体积摩尔浓度，单位为 $mol\cdot dm^{-3}$，α、β、δ 分别为反应对丙酮、碘、氢离子的分数级。反应速率、速率常数及反应级数均可由实验测定。

丙酮碘化对动力学的研究是一个特别合适而且有趣的反应。因为 I_3^- 在可见光区有一个比较宽的吸收带，而在这个吸收带中，盐酸和丙酮没有明显的吸收，所以可以采用分光光度计测定吸光度的变化（也就是 I_3^- 浓度的变化）来跟踪反应过程。

虽然在反应（17-1）中没有其他试剂吸收可见光，但却存在一个次要却复杂的情况，即在溶液中存在 I_3^-、I_2 和 I^- 的平衡：

$$I_3^- \Longleftrightarrow I_2+I^- \qquad (17\text{-}3)$$

平衡常数 $K=700$。其中 I_2 在这个吸收带中也吸收可见光。因此 I_3^- 溶液吸收光的数量不只取决于 I_3^- 的浓度，而且也与 I_2 的浓度有关。根据朗伯-比尔定律：

$$A=\varepsilon Lc \qquad (17\text{-}4)$$

式中，A 为吸光度；ε 为吸收系数；L 为比色皿的光径长度；c 为溶液的浓度。

含有 I_3^- 和 I_2 溶液的总吸光度 A 可以表示为 I_3^- 和 I_2 两部分吸光度的和，即

$$A = A(I_3^-) + A(I_2) = \varepsilon(I_3^-)Lc(I_3^-) + \varepsilon(I_2)Lc(I_2) \tag{17-5}$$

吸收系数 $\varepsilon(I_3^-)$ 和 $\varepsilon(I_2)$ 是吸收光波长的函数。在特殊情况下，即波长 $\lambda = 565nm$ 时，$\varepsilon(I_3^-)$ 和 $\varepsilon(I_2)$ 相等，所以式(17-5)变为：

$$A = A(I_3^-) + A(I_2) = \varepsilon(I_3^-)L[c(I_3^-) + c(I_2)] \tag{17-6}$$

也就是说，在 565nm 这一特定的波长条件下，溶液的吸光度 A 与 I_3^- 和 I_2 浓度之和成正比。因为 ε 在一定的溶质、溶剂和固定的波长条件下是常数。使用一个固定的比色皿，L 也是一定的，所以式(17-6)中，常数 $\varepsilon(I_3^-)L$ 就可以由测定已知浓度碘溶液的吸光度 A 求出。

研究结果表明，只要酸度不很高，丙酮卤化反应的速率与卤素的浓度和种类（氯、溴、碘）无关（在百分之几误差范围内）。本实验条件下，实验也将证明丙酮碘化反应对碘是零级反应，即 $\beta = 0$。在该实验条件下，丙酮和酸的浓度远远大于碘的浓度，因此反应中所用的丙酮和酸的浓度基本保持不变，即可认为是常数。因而直到全部碘消耗完以前，反应速率是常数，即

$$r = \frac{-dc(A)}{dt} = \frac{-dc(I_3^-)}{dt} = \frac{dc(E)}{dt} = kc^\alpha(A)c^\beta(I_3^-)c^\delta(H^+)$$

$$= kc^\alpha(A)c^\delta(H^+) = 常数 \tag{17-7}$$

从式(17-7)可以看出，将 $c(I_3^-)$ 对时间 t 作图应为一条直线，其斜率就是所求的反应速率 r。为了测定反应级数，例如指数 α，至少需进行两次实验。在两次实验中丙酮的初始浓度不同，H^+ 和 I^- 的初始浓度相同。若用"I"、"II"分别表示这两次实验，令：

$$c(A, I) = uc(A, II), c(H^+, I) = c(H^+, II), c(I^-, I) = c(I^-, II)$$

由式(17-7)可得：

$$\frac{r_I}{r_{II}} = \frac{kc^\alpha(A, I) \cdot c^\delta(H^+, I)}{kc^\alpha(A, II) \cdot c^\delta(H^+, II)} = u^\alpha \tag{17-8}$$

取对数：

$$\lg \frac{r_I}{r_{II}} = \alpha \lg u \tag{17-9}$$

$$\alpha = \lg \frac{r_I}{r_{II}} \Big/ \lg u \tag{17-10}$$

同理可求出指数 δ，若再做一次实验 III，使：

$$c(A, I) = c(A, III), c(H^+, I) = wc(H^+, III), c(I^-, I) = c(I^-, III)$$

即可得到：

$$\delta = \lg \frac{r_I}{r_{III}} \Big/ \lg w \tag{17-11}$$

同样 $c(A, I) = c(A, IV)$, $c(I^-, I) = xc(I^-, IV)$, $c(H^+, I) = c(H^+, IV)$

即可得到：

$$\beta = \lg \frac{r_I}{r_{IV}} \Big/ \lg x \tag{17-12}$$

根据式(17-2)，由指数、反应速率和各浓度数据可以算出速率常数 k。由两个或两个以上温度的速率系数，根据阿仑尼乌斯公式可以估算反应的表现活化能 E_a。

$$k = Ae^{-\frac{E_a}{RT}} \tag{17-13}$$

式中，A 为常数。

三、仪器与试剂

仪器：72 型分光光度计 1 台，超级恒温槽 1 套，100mL 容量瓶 1 个，50mL 容量瓶 4

个，250mL 磨口瓶 4 个，5mL、10mL 移液管各 3 支，15mL 移液管 1 支，秒表 1 块。

试剂：$0.0200mol \cdot L^{-1}$ I_3^- 溶液，$2.5000mol \cdot L^{-1}$ 丙酮溶液，$1.000mol \cdot L^{-1}$ 盐酸溶液。

四、操作步骤

1. 开启超级恒温槽。将已标定好的丙酮、盐酸、碘备用液及蒸馏水置于 250mL 磨口瓶中，放入恒温槽恒温，恒温槽控制在 25℃。同时将恒温槽的恒温水通入分光光度计的比色水浴中。约 10min 待温度恒定后方可开始测量（分光光度计的原理和使用方法见分析化学实验）。

2. 将分光光度计的单色光器、稳定器和微电计的连线接好。波长调到 565nm 处，开启稳压器电源开关和单色光器电源开关，并将光路闸门拨到"红点"位置，使光线进入比色室，照约 10min，使光电池稳定。

3. 取一个 1cm 比色皿洗净，注入 25℃去离子水，放入比色室。将光路闸门拨到"黑色"位置，校正微电计的"0"位。调节光量调节器光点正好停在微电计的 100% 透光率（即吸光度为 0）处。

4. 测定 ϵ、L 值。在洗净的 100mL 容量瓶中，移入 10mL $0.02mol \cdot L^{-1}$ 的碘备用液，用蒸馏水冲稀至刻度，混合均匀后，用此溶液荡洗另一干净的 1cm 比色皿三次，然后测定此碘溶液的吸光度 A。测三次，取平均值。

5. 测定四种不同配比的溶液的反应速率，按表 17-1 要求取已恒温好的碘、丙酮、盐酸备用液和蒸馏水，在 50mL 容量瓶中依次配制不同配比的溶液。

表 17-1　实验溶液配比

编　　　号	碘备用液体积 V/mL	丙酮备用液体积 V/mL	盐酸备用液体积 V/mL
I	10	10	10
II	10	5	10
III	10	10	5
IV	15	10	10

用移液管先取丙酮和盐酸放入 50ml 容量瓶中，再取碘备用液放入，然后用已恒温好的水稀至刻度（在此配制溶液过程中，动作要迅速）。将瓶中的反应液摇匀后迅速倒入已恒温好的 1cm 比色皿中（需用待测溶液荡洗三次），放入比色室中，开启秒表作为反应的起始时间。以后每隔 1min 记录一次吸光度读数。每次测量前均需用蒸馏水校正吸光度的"0"点，并注意检查微电计的"0"位。测定直至取 10～15 个数据为止。

将超级恒温槽调到 35℃，重复第 IV 号反应液进行测定。

五、数据记录与处理

1. 根据所测已知浓度的碘溶液的吸光度，用式(17-4)计算出常数 ϵ、L 值。然后计算与测得的每个吸光度值相应的碘浓度 $c(I_3^-)$，作 $c(I_3^-)$-t 图，求出反应速率 r（本实验作吸光度 A-t 图更为方便）。

2. 根据式(17-10)、式(17-11)、式(17-12)分别计算出丙酮、盐酸和碘的分级数。

3. 根据式(17-2)计算 25℃时丙酮碘化反应的四个速率系数。求出 k_1 的平均值。计算 35℃时的速率系数 k_2。

4. 利用阿仑尼乌斯公式求出丙酮碘化反应的表观活化能 E_a。

$$E_a = 2.303R \times \frac{T_1 T_2}{(T_2 - T_1)} \lg \frac{k_2}{k_1}$$

六、思考题

1. 在动力学实验中，正确计量时间是很重要的。本实验中从开始反应到开始计时，中间有一段不算很短的操作时间。这对实验结果有无影响？为什么？

2. 影响本实验结果的主要因素是什么？

七、实验注意事项

1. 测定波长必须为 565nm，否则将影响结果的准确性。

2. 反应物混合顺序为：先加丙酮、盐酸溶液，然后加碘溶液。丙酮和盐酸溶液混合后不应放置过久，应立即加入碘溶液。

3. 测量吸光度 A 应取范围为 $0.15 \sim 0.7$。

实验十八　乙酸乙酯皂化反应速率常数及活化能的测定

一、实验目的

1. 了解测定化学反应速率常数的一种物理方法——电导法。

2. 了解二级反应的特点，学会用图解法求二级反应速率常数。

3. 掌握 DDS-11A 型电导率仪的使用方法。

二、实验原理

乙酸乙酯皂化是一个二级反应，其反应计量式为：

$$CH_3COOC_2H_5 + Na^+ + OH^- \longrightarrow CH_3COO^- + Na^+ + C_2H_5OH$$

对于二级反应，其速率方程式可表示为

$$\frac{dx}{dt} = k(a-x)(b-x) \tag{18-1}$$

式中，x 为时间 t 时产物的浓度；a、b 分别为乙酸乙酯、氢氧化钠的初始浓度；k 为反应的速率常数。若两反应物初始浓度相同，即 $a=b$，则式(18-1)变为

$\dfrac{dx}{dt} = k(a-x)^2$，积分得

$$k = \frac{1}{t} \times \frac{x}{a(a-x)} \tag{18-2}$$

以 $\dfrac{x}{a-x}$ 对 t 作图，若为一条直线，则证明是二级反应，并可以从直线的斜率求出 k。故在反应进行过程中，如果能够由实验测出不同 t 时的反应物（或产物）的浓度，便可计算出该反应的速率常数 k；只要知道了不同温度下的速率常数 $k(T_1)$ 和 $k(T_2)$，按阿仑尼乌斯公式可以计算出该反应的活化能 E_a：

$$E_a = R\left(\frac{T_2 T_1}{T_2 - T_1}\right) \ln \frac{k(T_2)}{k(T_1)} \tag{18-3}$$

乙酸乙酯皂化反应中，导电离子有 OH^-、Na^+ 和 CH_3COO^-，由于反应体系是很稀的水溶液，可认为 CH_3COONa 是全部电离的，因此反应前后 Na^+ 的浓度不变，随着反应的进行，仅仅是导电能力很强的 OH^- 逐渐被导电能力弱的 CH_3COO^- 所取代，致使溶液的电导逐渐减小。因此可用电导率仪测量皂化反应进程中电导率随时间的变化，从而达到跟踪反应物（或产物）浓度随时间变化的目的。

对乙酸乙酯反应来说，反应物与产物只有 NaOH 与 NaAc 是强电解质，若在稀溶液中反应，则有：

$$\kappa_0 = B_1 a \qquad\qquad (18\text{-}4)$$

$$\kappa_\infty = B_2 a \qquad\qquad (18\text{-}5)$$

$$\kappa_t = B_1(a-x) + B_2 x \qquad\qquad (18\text{-}6)$$

式中，B_1、B_2 是与温度、电解质性质、溶剂等因素有关的比例常数；κ_0 为初始时溶液的电导率；κ_t 为时间 t 时溶液的总电导率；κ_∞ 为 $t=\infty$（反应完毕）时溶液的电导率。由式 (18-4)~式 (18-6) 可得：

$$x = \left(\frac{\kappa_0 - \kappa_t}{\kappa_0 - \kappa_\infty} \right) a$$

将其代入式(18-2) 得

$$k = \frac{1}{at} \times \frac{\kappa_0 - \kappa_t}{\kappa_t - \kappa_\infty} \qquad\qquad (18\text{-}7)$$

重新排列得：

$$\kappa_t = \frac{1}{ak} \times \frac{\kappa_0 - \kappa_t}{t} + \kappa_\infty$$

因此，通过实验测定不同时间溶液的电导率 κ_t 和起始溶液的电导率 κ_0，然后以 κ_t 对 $\dfrac{\kappa_0 - \kappa_t}{t}$ 作图，为一直线即为二级反应，由直线的斜率即可求出反应速率常数 k，再由两个不同温度下测得的速度常数 $k(T_1)$、$k(T_2)$，求出该反应的活化能。

三、仪器与试剂

仪器：DDS-11A 型电导率仪 1 台，恒温槽 1 套，100mL 锥形瓶 5 只，25mL 移液管 1 支，1000mL 容量瓶 2 只。

试剂：$0.02 mol \cdot L^{-1}$ 氢氧化钠溶液，$0.02 mol \cdot L^{-1}$ 乙酸乙酯溶液。

四、操作步骤

DDS-11A 型电导率仪面板示意图见实验十五。

1. 恒温水浴的调节

将恒温水浴的温度调节至 $(25.0 \pm 0.2)℃$ 或 $(30.0 \pm 0.2)℃$。

2. 电导率仪校正

打开电源，把温度补偿旋钮调至恒温水浴温度位置。把功能旋钮调至校正位置，转动常数校正旋钮，使屏幕显示出电极上所标的电导池常数。

3. 溶液起始电导率 κ_0 的测定

用移液管吸取 25mL $0.02 mol \cdot L^{-1}$ 氢氧化钠溶液，移入一洁净、干燥的锥形瓶中，移取 25ml 蒸馏水稀释一倍，盖上胶皮塞（防止空气中的 CO_2 溶入溶液改变 NaOH 浓度），混合均匀，置于恒温水浴中恒温 10min。

将电导电极用蒸馏水洗净，用滤纸吸干表面水滴，然后把电极插入已恒温的 NaOH 稀溶液中，选择适当量程，把功能旋钮放在测量位置，显示屏即显示出其的电导率 κ_0（若量程选择不当，则显示屏闪烁不停，可重选量程）。测后的溶液盖上胶皮塞留作后面使用。

4. 溶液 κ_t 的测定

另取两个锥形瓶，用移液管分别吸取 25mL $0.02 mol \cdot L^{-1}$ 的 NaOH 溶液和 25ml 0.02

mol·L^{-1}乙酸乙酯溶液分别移入瓶中，盖好胶塞，放入恒温水浴中恒温 10min。然后迅速将乙酸乙酯溶液倒入盛有氢氧化钠溶液的锥形瓶中，在恒温条件下混合两溶液并摇匀，并把洗干净的电导电极插入到溶液中，同时开始计时（此时注意盖好胶塞，以防空气中的 CO_2 溶入溶液对反应产生干扰）。当反应进行 6min 时测电导率一次，并在 9min、12min、15min、20min、25min、30min、35min、40min、50min、60min 时各测电导率一次，记录电导率 κ_t 及时间 t。

5. 另一温度下 κ_0 和 κ_t 的测定

调节恒温槽的温度为（30.0±0.2）℃或（35.0±0.2）℃。用第 3 步留下的溶液测定 κ_0，然后另配溶液按步骤 4 测定 κ_t。但在测定时 κ_t 是按反应进行到 4min、6min、8min、10min、12min、15min、18min、21min、24min、27min、30min 时测其电导率。

实验结束后，将电导电极用蒸馏水洗净，插入装有蒸馏水的锥形瓶中保存，同时将用过的锥形瓶用蒸馏水洗净，倒扣在桌面上。

五、数据记录与处理

1. 数据记录（见表 18-1）

溶液中 NaOH 浓度_____mol·L^{-1}；乙酸乙酯浓度_____mol·L^{-1}；反应温度____℃；κ_0_____S·m^{-1}。

表 18-1　记录数据

t/min	κ_t/S·m^{-1}	$(\kappa_0-\kappa_t)$ /S·m^{-1}	$(\kappa_0-\kappa_t)\cdot t^{-1}$/S·m^{-1}·min^{-1}

2. 绘制 κ_t-$(\kappa_0-\kappa_t)/t$ 图。

3. 由直线斜率求出相应温度下的反应速率常数 k。

4. 计算乙酸乙酯皂化反应的活化能 E_a。

六、思考题

1. 如果乙酸乙酯与氢氧化钠起始浓度不同，应如何计算 k 值？

2. 如果乙酸乙酯与氢氧化钠溶液为浓溶液，能否用此法求 k 值？

七、实验注意事项

1. 调整仪器温度补偿应与恒温水浴温度一致。

2. 显示屏闪烁不停，说明量程选择不当，应调整量程。

实验十九　B-Z 振荡反应

一、实验目的

1. 了解 Belousov-Zhabotinskii 反应（B-Z 反应）的基本原理和研究方法。

2. 测定振荡反应的诱导期和振荡周期，求取反应的表观活化能。

3. 加深理解振荡反应这一现象，初步认识自然界中存在非平衡非线性问题。

二、实验原理

关于自然界演化方向问题，曾有两种相反的理论观点。一种观点是 Clausius（克劳修斯）把热力学推广到整个宇宙，认为自然界将变成越来越无序的高度混乱状态；另一种观点是达尔文（Darwin）根据自然选择学说，认为自然界将变成越来越有序的组织化程度更高的状态。自然界的演化将变成越来越无序或是越来越有序，最终在普利高津（Prigogine）的耗散结构（dissipation structure）理论中得到了统一。

耗散结构体系在远离平衡状态下，由于本身的非线性动力学机制而产生宏观有序结构。最典型的耗散结构是 B-Z 体系的时空有序结构。所谓 B-Z 体系是指由溴酸盐、有机物在酸性介质中，在有（或无）金属离子催化剂催化下构成的体系。它是由前苏联科学家贝洛索夫（Beiousov）发现，后经另一位前苏联化学家扎伯丁斯基（Zhabotinskii）进一步证明改进而得名。作为均相溶液中化学振荡反应的第一个实例是贝洛索夫于 1958 年提出，即柠檬酸在 4 价铈离子与 3 价铈离子催化作用下被溴酸钾所氧化。随后人们发现了一大批可呈现化学振荡现象的反应系统，其中最典型的为 B-Z 振荡反应系统。

所谓振荡反应，就是反应系统中某些物理量（如浓度）随时间作周期性的变化。振荡反应是非常复杂的，它包含了大量的化学反应物质，如反应物、生成物、中间体和催化剂。在一般的化学反应进行时，反应物浓度不断降低，产物浓度不断增大，中间体浓度较低，相对地保持稳定状态值，即中间体的生成速度基本上等于它的消耗速度。在振荡反应中，反应物、生成物浓度变化情况和上述情况相同，但中间体的浓度却发生振荡，即中间体的浓度随时间发生周期性变化。

发生化学振荡应满足两个基本条件：一个是热力学的，另一个是动力学的。热力学的要求是，体系远离平衡，即整个反应的 ΔG 是较大的负值；动力学上的最低要求是，反应的质量作用动力学定律是非线性的。

对于 B-Z 振荡反应的机理，目前为人们普遍接受的是 FKN 机理。下面以 BrO_3^--$CH_2(COOH)_2$-H_2SO_4 体系为例加以说明。

当 $[Br^-]$ 足够高时，发生下列 A 过程反应 [反应式(19-1)、式(19-2)]：

$$BrO_3^- + Br^- + 2H^+ \xrightarrow{k_1} HBrO_2 + HOBr \tag{19-1}$$

$$HBrO_2 + Br^- + H^+ \xrightarrow{k_2} 2HOBr \tag{19-2}$$

其中第一步是速率控制步骤，当达到稳态时，有：

$$[HBrO_2] = \frac{k_1}{k_2}[BrO_3^-][H^+]$$

当 $[Br^-]$ 低时，发生下列 B 过程 [反应(19-3)、反应(19-4)、反应(19-5)]，Ce^{3+} 被氧化。反应(19-3)是速度控制步骤，反应经式(19-3)、式(19-4)将自催化产生 $HBrO_2$，达到稳态时：

$$BrO_3^- + HBrO_2 + H^+ \xrightarrow{k_3} 2BrO_2 + H_2O \tag{19-3}$$

$$2HBrO_2 \xrightarrow{k_4} BrO_3^- + HOBr + H^+ \tag{19-4}$$

$$[HBrO_2] \approx \frac{k_3}{2k_4}[BrO_3^-][H^+]$$

$$BrO_2 + Ce^{3+} + H^+ \xrightarrow{k_5} HBrO_2 + Ce^{4+} \tag{19-5}$$

由反应式(19-2)和反应式(19-3)可以看出：Br^- 和 BrO_3^- 是竞争 $HBrO_2$ 的。当 $k_2[Br^-] > k_3[BrO_3^-]$ 时，自催化过程式(19-3)不可能发生。自催化是 B-Z 振荡反应中必不

可少的步骤，否则该振荡不能发生。

随着 $[Br^-]$ 达到某个临界值 $[Br^-]_{crit}$ 时，自催化步骤式(19-3)引起的 $HBrO_2$ 的生成速率正好等于过程 A 中由步骤式(19-2)引起的 $HBrO_2$ 的消耗速率，即

$$\frac{d[HBrO_2]}{dt} = k_3[BrO_3^-][H^+][HBrO_2] - k_2[Br^-]_{crit}[HBrO_2][H^+] = 0$$

Br^- 的临界浓度为：$[Br^-]_{crit} = \frac{k_1}{k_2}[BrO_3^-] \approx 5 \times 10^{-6}[BrO_3^-]$

若已知实验的初始浓度 $[BrO_3^-]$，由上式即可估算 $[Br^-]_{crit}$。

最后 Br^- 可通过过程 C[反应式(19-6)]再生：

$$4Ce^{4+} + BrCH(COOH)_2 + H_2O + HOBr \longrightarrow 2Br^- + 4Ce^{3+} + 3CO_2 + 6H^+ \qquad (19-6)$$

过程 A、B、C 合起来组成了一个反应系统中的一个振荡周期。

该体系的总反应为：

$$2H^+ + 2BrO_3^- + 3CH_2(COOH)_2 \longrightarrow 2BrCH(COOH)_2 + 3CO_2 + 4H_2O \qquad (19-7)$$

振荡的控制物种是 Br^-。体系中存在着 2 个受溴离子浓度控制的过程 A 和 B，当 $[Br^-]$ 高于临界浓度 $[Br^-]_{crit}$ 时，发生 A 过程；当 $[Br^-]$ 低于 $[Br^-]_{crit}$ 时发生 B 过程。也就是说 $[Br^-]$ 起着开关作用，它控制着从 A 到 B 过程的发生，再由 B 到 A 过程的转变。在 A 过程，由于化学反应，$[Br^-]$ 降低，当 $[Br^-]$ 到达 $[Br^-]_{crit}$ 时，B 过程发生。在 B 过程中，B 中产生的 Ce^{4+} 通过 C 过程使 Br^- 再生，$[Br^-]$ 增加，当 $[Br^-]$ 达到 $[Br^-]_{crit}$，A 过程发生，从而完成一个循环。

从 FKN 机理可以看出，系统中 $[Br^-]$、$[HBrO_2]$、$[Ce^{4+}]$、$[Ce^{3+}]$ 都随时间做周期性地变化。在实验中，可以用铂丝电极测定 $[Ce^{4+}]/[Ce^{3+}]$ 随时间变化的曲线，得出不同温度下的诱导期 $t_诱$，即可估算表观活化能 $E_诱$。根据不同温度时的振荡周期可求出振荡周期活化能 $E_振$。综合运用化学热力学、化学动力学和电化学知识，是研究化学振荡反应的一般方法。

三、仪器与试剂

仪器：B-Z 振荡反应装置 1 台，计算机 1 台，超级恒温槽 1 台，双层玻璃反应器 1 个，铂电极 1 个，甘汞电极 1 个。

试剂：$0.5mol \cdot L^{-1}$ 丙二酸（分析纯），$0.25mol \cdot L^{-1}$ 溴酸钾（分析纯），$3mol \cdot L^{-1}$ 硫酸，$0.004mol \cdot L^{-1}$ 硫酸铈铵（用分析纯在 $0.02mol \cdot L^{-1}$ 的硫酸介质中配制）。

四、操作步骤

1. 安装反应装置

打开 B-Z 振荡反应装置电源开关。按图 19-1 安装玻璃反应器并接好线路。

2. 调节恒温槽

打开超级恒温槽电源开关，按下"测量⇔设定"开关至设定处，旋转"设定调节"旋钮至 $30.30℃$（一般超级恒温槽温度设定要高于反应温度 $0.30 \sim 0.90℃$），再将"测量⇔设定"开关按回测量处，此时示数为恒温槽实测温度。按下"循环"开关，旋转"循环量"旋钮调节适当循环量。

3. 设定计算机参数

打开计算机，运行 B-Z 振荡反应实验软件，进入主菜单。再进入"参数设置"菜单，点击"横坐标极值"设置横坐标（时间 t）最大值（一般为 1000s，横坐标零点默认为 0）。点击"纵坐标极值"和"纵坐标零点"设置纵坐标（一般为 1500mV）。设置反应的"目标温

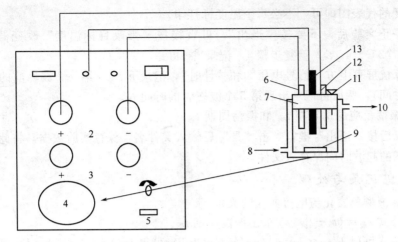

图 19-1　B-Z 反应装置的控制装置示意图

1—电源开关；2—输出；3—控制；4—搅拌；5—搅拌开关；6—甘汞电极；

7—胶塞；8—恒温进水；9—磁力搅拌转子；10—恒温出水；

11—加液漏斗；12—铂丝电极；13—温度传感器

度"和"起波阈值"（一般为 2mV）。

按"画图起点设定"，然后点"yes"表示设置实验一开始就作图，点击"确定"检查参数设置是否正确，然后退出。

4. 加液与观察振荡反应现象

（1）进入"开始实验"菜单。

（2）将约 120mL 0.004mol·L^{-1}硫酸铈铵放入锥形瓶中在超级恒温槽中恒温。在玻璃恒温反应器中放入洁净的磁力搅拌转子，然后依次加入 0.5mol·L^{-1}丙二酸、3mol·L^{-1}硫酸、0.25mol·L^{-1}溴酸钾各 15mL，盖上胶塞，使电极和温度传感器都浸入溶液。打开磁力搅拌开关，调整搅拌速度以溶液不起明显漩涡为宜。

（3）当系统控温完成出现提示后再恒温 5min。然后点击灰色区域，再按下"开始实验"键。根据提示输入文件名保存实验图形，先不要按"OK"键。从加液漏斗处加入 15mL，恒温后的 0.004mol·L^{-1}硫酸铈铵，在加入一半溶液时按下"OK"键开始绘图。

观察绘出的波形及溶液颜色的变化，初步观察诱导期和振荡周期。其定义如图 19-2 所示，从加入硫酸铈铵溶液开始画图起始到开始振荡定义为 $t_诱$，振荡开始后每个周期依次定义为 t_1，t_2，t_3，……

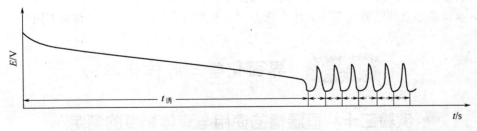

图 19-2　诱导期定义图

当反应超过 6 个周期后按下"停止实验"键停止实验。

点击打印按钮，将上图打印出来，每个同学一份（注：此图为振荡反应代表图，只需打印某一个温度的代表图即可，不必每个温度皆打印）。

（4）待停止实验后，不要按"退出"，可直接按"修改目标温度"改变温度为 33℃、36℃、39℃、42℃、45℃。重复步骤 4，记录 $t_{诱}$ 和 t_5。

观察计算机屏幕上方"信号电压"和"计时"，记录下 $t_{诱}$（第一个波峰前的最低信号电压所对应的时间），然后再记录出现第 5 个波谷时的时间 t_5。

5. 测量振荡反应的诱导期 $t_{诱}$ 和振荡周期 $t_{振}$

实验完成后按"退出"键，点击"是"后输入文件名，保存实验数据，将此次实验的不同反应温度下的起波时间保存入文件。

五、数据记录与处理

1. 说明溶液颜色变化与电势曲线的关系

2. 根据公式 $t_{振}=(t_5-t_{诱})/5$ 求出振荡周期 $t_{振}$

3. 根据公式可得 $1/t_{诱}\propto k=A\cdot\exp(-E_{表}/RT)$ 可得 $\ln(1/t_{诱})=\ln A-E_{表}/RT$（$A$ 为指前参量，$E_{表}$ 为表观活化能，T 为热力学温度）

4. 作 $\ln(1/t_{诱})$-$1/T$ 图，由斜率求出表观活化能 $E_{表}$

5. 可用 B-Z 振荡反应实验软件的"数据处理"菜单处理数据或用 Excel 处理

用振荡反应实验软件的"数据处理"菜单处理数据方法如下：

（1）在温度数据框中，填入反应温度，以摄氏温度值填入，并取整数。

（2）在起波时间数据框中，填入与反应温度对应的 $t_{诱}$，并取整数。

（3）在数据组数数据框中填入实验数据组数，本实验为 6 组，填入 6。

（4）点击"使用当前数据处理实验数据"，得到 $\ln(1/t_{诱})$-$1/T$ 图和表观活化能 $E_{表}$。

（5）打印结果，每名同学 1 份。

六、实验注意事项

1. 测量诱导期时要观察计算机屏幕上方"信号电压"和"计时"，用笔记录形成振荡周期第一个波峰前的最低信号电压所对应的时间（为"计时"后的示数）。

2. 根据室温的不同，一般要控制恒温槽的温度在比目标（反应体系）的温度高 0.3～0.9℃范围内。

3. 搅拌速度要适当，一般以搅拌时液面形成小漩涡为宜。

七、思考题

1. 影响诱导期的主要因素有哪些？

2. 本实验中铂丝电极记录的电势曲线主要反映哪个电极电势的变化？

3. 诱导期随温度怎样变化？振荡周期随温度怎样变化？

4. 本实验记录的电势主要代表什么意思？与能斯特方程求得的电位有何不同？

第四节　界面化学与胶体化学

实验二十　恒温槽的使用与液体黏度的测定

一、实验目的

1. 熟悉恒温槽的构造及各部件的作用，了解恒温原理，掌握恒温槽的安装和使用方法。

2. 了解贝克曼温度计的使用方法，测定恒温槽的灵敏度曲线。

3. 学会使用乌氏黏度计测定液体的黏度。

二、实验原理

1. 恒温槽的工作原理及其灵敏度的测定

许多物理化学参数，如黏度、折射率、蒸气压、表面张力、电导、化学反应速率常数等都与温度有关，所以在测量这些参数时，必须在恒温下进行。能维持温度恒定的装置称为恒温槽。恒温槽之所以能维持恒温，主要是依靠恒温控制器来控制恒温槽的热平衡。当恒温槽因对外散热而使水温降低时，恒温控制器就使恒温槽内的加热器工作，待加热到所需的温度时，它又使加热停止，这样恒温槽的温度保持恒定。恒温槽的装置一般如图 20-1 所示。

恒温槽一般由浴槽、加热器、搅拌器、温度计、感温元件、恒温控制器等部分组成，现分别介绍如下。

（1）浴槽　通常采用玻璃槽以利于观察，其容量和形状视需要而定，物理化学实验一般采用 10L 圆形玻璃缸。浴槽内的液体一般采用蒸馏水。恒温超过 100℃ 时，可采用液体石蜡或甘油等。

（2）加热器或制冷器　如果设定温度值高于环境温度通常选用加热器；反之，若设定温度低于环境温度，则需选择合适的制冷器。常用的是加热器。根据恒温槽的容量、恒温温度以及与环境的温差大小来选择电热器的功率。

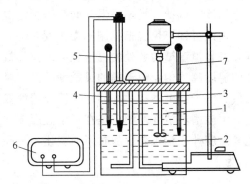

图 20-1　恒温槽装置图

1—浴槽；2—加热器；3—搅拌器；
4—温度计；5—水银接点温度计；
6—继电器；7—贝克曼温度计

（3）搅拌器　一般采用 40W 的电动搅拌器，用变速器来调节搅拌速度。

（4）温度计　通常采用 0.1℃ 分度温度计测量系统温度。有时应实验需要也可选用其他更精密的温度计。在本实验中，为精确测量恒温槽的灵敏度，选用高精度的贝克曼温度计测量温度变化。

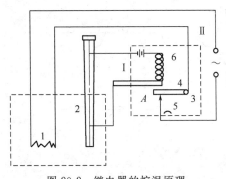

图 20-2　继电器的控温原理

1—电热棒；2—电接点温度计；3—固定点；
4—衔铁；5—弹簧；6—线圈

（5）感温元件　它是恒温槽的感觉中枢，是提高恒温槽精度的关键所在。对温度敏感的元件称为感温元件，它是恒温控制仪的感温探头。恒温控制仪接受来自感温探头的输入信号，从而控制加热器的工作与否。感温元件的种类很多，原则上凡是对温度敏感的器件均可作感温元件。常用的感温元件有热电偶、热敏电阻、接触温度计等。

（6）继电器　常用的是各种形式的晶体管继电器，它是自动控温的关键设备。其简明工作原理见图 20-2。

插在浴槽中的电接点温度计，在没有达到所要求控制的温度时，汞柱与上铂丝之间断路，即回路Ⅰ中没有电流。衔铁 4 被弹簧 5 拉住与 A 点接触，从而在回路Ⅱ中有电流通过电热棒，继电器上红灯亮表示加热。随着热电棒加热，使浴槽温度升高，当电接点温度计中汞柱上升到要求的温度时就与上铂丝接触，回路Ⅰ中的电流使线圈 6 有了磁性将衔铁 4 吸起，回路Ⅱ断路。此时，继电器上绿灯亮表示停止加热。浴槽温度由于向周围散热而下降，汞柱又与上铂丝脱开，继电器重复前一动作，回路Ⅱ又接通……如此不断进行，使浴槽内的介质控制在某一要求的温度。

在上述控温过程中，电热棒只处于两种可能的状态，即加热或停止加热。所以，这种控温属于二位控制作用。

由于这种温度控制装置属于"通"、"断"类型，当加热器接通后，传热质温度上升并传递给水银接点温度计，使它的水银柱上升。因为传质、传热都需要有一个速度，所以出现温度传递的滞后。即当水银接点温度计的水银触及钨丝时，实际上电热器附近的水温已超过了指定温度，因此，恒温槽温度必高于指定温度。同理，降温时也会出现滞后的状态。

由此可知，恒温槽控制的温度是有一个波动范围的，而不是控制在某一固定不变的温度，并且恒温槽内各处的温度也会因搅拌效果的优劣而不同。控制温度的波动范围越小，各处的温度越均匀，恒温槽的灵敏度越高。灵敏度是衡量恒温槽好坏的主要标志。它除与感温元件、电子继电器有关外，还与搅拌器的效率、加热器的功率等因素有关。

恒温槽灵敏度的测定是在指定温度下，观察温度的波动情况。用较灵敏的温度计，如贝克曼温度计，记录温度随时间的变化，最高温度为 $T_{高}$，最低温度为 $T_{低}$，恒温槽的灵敏度 T_E 为

$$T_E = \pm \frac{T_{高} - T_{低}}{2} \tag{20-1}$$

槽温是由槽内 0.1℃分度精密温度计指示的，以 T 表示，则恒温槽的温度以 $T \pm T_E$ 表示。

灵敏度常以温度为纵坐标，以时间为横坐标，绘制成温度-时间曲线来表示。在图 20-3 中，曲线（a）表示恒温槽的灵敏度良好，温度的波动极微小；曲线（b）表示灵敏度较差，需要更换较灵敏的水银接点温度计；曲线（c）表示加热器的功率太大；曲线（d）表示加热器的功率太小或散热太快。

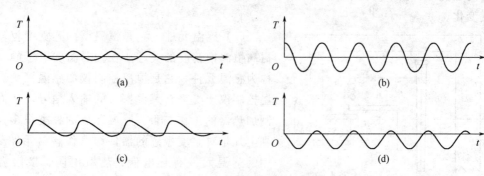

图 20-3　恒温槽的灵敏度曲线

为了提高恒温槽的灵敏度，在设计恒温槽时要注意以下几点。

（1）恒温槽的热容量要大些，传热质的热容量越大越好。

（2）尽可能加快电热器与水银接点温度计间传热的速度。为此，要使感温元件的热容尽可能小，感温元件与电热器间距离要近一些；另外，搅拌效率要高。

（3）调节温度用的加热器功率要小些。

2. 液体的黏度及其测定

黏度是流体分子在流动时内摩擦情况的反映，是流体的一项重要性质。测定液体黏度的仪器和方法大致有三类。

(1) 毛细管黏度计　由测定液体在毛细管中的流动时间计算黏度。

(2) 落球黏度计　由测定圆球在液体中的下落速度计算黏度。

(3) 扭力黏度计　由一转动物体在黏滞液体中所受的阻力求算黏度。

在测定低黏度液体及高分子物质的黏度时，以使用毛细管黏度计最为方便。

液体在毛细管黏度计中因重力作用而流出时，服从泊肃叶（Poiseuille）公式：

$$\frac{\eta}{\rho} = \frac{\pi h g r^4 t}{8Vl} - m \frac{V}{8\pi lt} \qquad (20\text{-}2)$$

式中，η 为液体的黏度；ρ 为液体的密度；l 为毛细管长度；r 为毛细管半径；t 为液体流出毛细管的时间；h 为流过毛细管液体的平均液柱高度；g 为重力加速度；V 为流经毛细管的液体体积；m 为毛细管末端校正系数。对于某一支指定的黏度计而言，式(20-2) 可写为：

$$\frac{\eta t}{\rho} = At^2 - B \qquad (20\text{-}3)$$

式中，A 和 B 为毛细管常数。

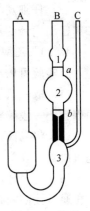

图 20-4　乌氏黏度计

乌氏（Ubbelohde）黏度计就是根据泊肃叶公式而设计的一种测黏度的仪器，如图 20-4 所示。测量中取一定体积（即管中记号 a 和 b 之间）的液体，测定它在自身重力作用下流过毛细管所需的时间。先利用黏度已知的液体（一般取水）测定毛细管常数 A 和 B。具体方法是：在不同温度下，用同一支黏度计测定水的流出时间，水在不同温度下的黏度和密度数据可分别由书后附表 2 查得。根据式(20-3)，以 $\frac{\eta t}{\rho}$ 对 t^2 作图，得一直线，由直线的斜率和截距求出毛细管常数 A 和 B 的值，然后对待测液体在一定温度下用同一支黏度计测定其流出时间，若已知该待测液体的密度，用式(20-3) 便可求得该温度下待测液体的黏度。

三、仪器与试剂

仪器：恒温槽 1 套（包括玻璃水浴，电加热器，电动搅拌器，电子继电器，水银接点温度计，0~50℃范围的 0.1℃分度精密温度计 1 支，2kW 调压变压器），贝克曼温度计一支，乌氏黏度计 1 支，秒表一只，放大镜、吸球、胶管、夹子各一个。

试剂：20％乙醇水溶液（体积分数），蒸馏水。

四、操作步骤

1. 恒温槽的安装

按照图 20-5 以及图 20-1，装配恒温槽，接好线路。

在安装中，应注意各个部件的合理布局。布局的原则是：搅拌器靠近加热器，水银接点温度计和精密温度计置于需要恒温的系统附近。

2. 调节恒温槽的温度

开启电子继电器，开动搅拌器，将与加热器相连的调压变压器调至 220V 或指定某值，调节水银接点温度计，使其标铁上端与辅助温度标尺相切的温度示值较所需控制的温度低 1~2℃，及时锁住固定螺丝。这时，电子继电器的红色指示灯亮，表示加热器工作，直至电

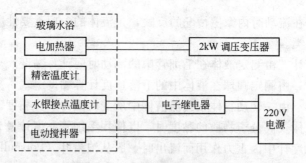

图 20-5 恒温槽的接线示意图

子继电器的绿色指示灯亮，表示加热器停止加热。观察恒温槽中的精密温度计，根据其与所需控制温度的差距，进一步调节水银接点温度计中金属丝的位置。细心地反复调节，直至在红、绿灯交替出现期间，精密温度计的示值恒定在所需控制的温度为止（第一个指定温度为25.0℃，冬季可取20.0℃，夏季可取30.0℃）。最后将固定螺丝锁紧，使磁铁不再转动。

3. 恒温槽灵敏度的测定

（1）根据恒温槽的指定温度，将贝克曼温度计的读数调整至 2～3℃ 之间。

（2）仔细观察恒温槽温度的微小波动，每隔 30s 记录一次温度（同时读取贝克曼温度计和精密温度计的示值），共记录 30 个数据（至少测定温度波动的三个周期）。

4. 20% 乙醇水溶液黏度的测定

此实验可以与恒温槽灵敏度的测定实验同时进行。

（1）取一只干燥、洁净的乌氏黏度计，由 A 管加入 20% 乙醇水溶液约 30mL，在 C 管顶端套上一段胶管，用夹子夹紧，使其不漏气。

（2）将乌氏黏度计置于恒温槽内，使球 1 完全浸没在恒温水中，并要求黏度计严格保持垂直放置。在指定温度 25℃ 下恒温 5min。

（3）用吸球由 B 管将溶液吸满球 1，移去吸球，打开 C 管顶端的套管夹子，使球 3 与大气相通，让溶液在自身重力的作用下自由流出。当液面到达刻度 a 时，按秒表开始计时。当液面降至刻度 b 时，再按秒表，测得在刻度 a、b 之间的溶液流经毛细管的时间。反复操作三次，三次数据间相差不大于 0.1s，取平均值，即为流出时间 t。

（4）从恒温槽中取出黏度计，用蒸馏水将黏度计洗涤干净。由 A 管加入蒸馏水约 30mL。按上述方法测定此温度下蒸馏水的流出时间。

（5）不同温度下，测定蒸馏水的流出时间。为此，调节恒温槽的温度至一系列任意指定温度（如 30.0℃、35.0℃、40.0℃、45.0℃），按步骤（3）再做 4 个数据。

五、数据记录与处理

1. 数据记录

室温：＿＿＿＿＿＿＿；大气压力：＿＿＿＿＿＿＿＿。

（1）恒温槽灵敏度的测定 见表 20-1。

恒温槽温度：＿＿＿＿＿＿＿

表 20-1 恒温槽灵敏度的测定数据记录

t/s	0	30	60	90	120	...
T_B/K（贝克曼温度计）						
T/K（精密温度计）						

（2）20％乙醇水溶液黏度的测定 见表 20-2。

表 20-2 20％乙醇水溶液黏度的测定数据记录

项　　目	乙醇水溶液	水			
T/K					
t_1/s					
t_2/s					
t_3/s					
$t_{平均}$					

2. 数据处理

（1）恒温槽灵敏度的测定 以 T_B 对 t 作图，绘出本恒温槽装置（在指定操作条件下）的灵敏度曲线，由曲线上的 $T_高$ 和 $T_低$ 求出灵敏度 T_E。

（2）20％乙醇水溶液黏度的测定

① 根据水在不同温度下的流出时间 t、密度和黏度（后两项数据可查有关手册），以 $\eta t/\rho$ 对 t^2 作图，由直线的斜率和截距求 A 和 B 的值（见表 20-3）。

表 20-3 实验数据处理

项　　目	乙醇水溶液		水	
T/K				
$\rho/kg \cdot m^{-3}$				
$\eta/mPa \cdot s$				
t/s				
$\dfrac{\eta t}{\rho}\left/\dfrac{mPa \cdot s^2}{kg \cdot m^{-3}}\right.$				
t^2/s^2				

② 求算 20％乙醇水溶液在指定温度的黏度，其密度 ρ 见表 20-4。

表 20-4 不同温度下 20％乙醇水溶液（体积比）的密度 ρ

$t/℃$	20.0	25.0	30.0	35.0
$\rho/kg \cdot m^{-3}$	968.6	966.4	964.0	961.4

六、思考题

1. 要想提高恒温槽的灵敏度，可从哪些方面进行改进？
2. 为什么加入蒸馏水的体积必须和乙醇水溶液的体积相同？
3. 为什么恒温槽的温度仍然会有微小的波动？
4. 温度对液体的黏度有何影响？
5. 在测量过程中，乌氏黏度计为何要垂直安装？

七、实验注意事项

1. 恒温槽安装完毕后，必须征得教师同意后方能接通电源。

2. 贝克曼温度计易损坏，操作前一定要仔细阅读有关贝克曼温度计的介绍。

3. 每次把水银接点温度计调节好后，一定要锁紧固定螺丝。

4. 搅拌时注意搅拌器的位置，应尽量使搅拌浆靠近加热器。

5. 乌氏黏度计的放置一定要保持垂直，它的 C 管非常容易折断，操作时要特别细心。

实验二十一　溶液表面张力的测定——最大气泡压力法

一、实验目的

1. 掌握用最大气泡压力法测定表面张力的原理和方法。

2. 熟悉表面张力的意义和性质，测定不同溶液的表面张力。

3. 熟悉表面吸附的性质及与表面张力的关系，掌握利用吉布斯（Gibbs）等温吸附方程式计算吸附量与浓度关系的方法。

二、实验原理

表面张力是物质的重要性质之一，对液体尤为显著和重要。它可以看成是引起液体表面收缩的单位长度上的力，又等于系统增加单位面积时所增加的吉布斯函数。其数值与液体所处的温度、压力、液体的组成及共存的另一相的组成等因素有关。对于溶液来说，当溶剂中加入溶质时，溶剂的表面张力或者升高，或者降低。由于溶质会影响表面张力，因此溶质在溶液表面层（或表面相）中的浓度与在溶液本体（或体相）中的浓度不同，这就是溶液表面的吸附现象。在指定的温度和压力下，溶质的吸附量与溶液的表面张力和溶液的浓度有关。用热力学方法可导出它们之间的关系式，即吉布斯（Gibbs）等温吸附方程

$$\Gamma = -\frac{c}{RT}\left(\frac{\partial \sigma}{\partial c}\right)_T \tag{21-1}$$

式中，Γ 为溶液的表面吸附量，$mol \cdot m^{-2}$；c 为溶液本体浓度，$mol \cdot m^{-3}$；R 为气体常数，$8.3145 J \cdot mol^{-1} \cdot K^{-1}$；$\sigma$ 为表面张力，$N \cdot m^{-1}$；T 为热力学温度，K。

当 $\left(\frac{\partial \sigma}{\partial c}\right)_T < 0$ 时，$\Gamma > 0$，溶液表面浓度高于溶液本体浓度，称为正吸附；当 $\left(\frac{\partial \sigma}{\partial c}\right)_T > 0$ 时，$\Gamma < 0$，溶液表面浓度低于溶液本体浓度，称为负吸附。

溶于溶剂中能使其表面张力显著降低的物质称为表面活性物质（即产生正吸附的物质）；反之，称为表面惰性物质（即产生负吸附的物质）。

通过实验应用吉布斯（Gibbs）等温吸附方程式可作出浓度与吸附量的关系曲线。先测定在同一温度下各种浓度溶液的 σ，绘出 σ-c 曲线，将曲线上某一浓度 c 对应的斜率代入吉布斯（Gibbs）等温吸附方程式，即可求出该浓度下的吸附量 Γ。

在一定温度下，系统在平衡状态时，吸附量 Γ 和浓度 c 之间的关系与固体对气体的吸附很相似，也可用和朗缪尔（Langmuir）单分子层吸附等温式相似的经验公式来表示，即

$$\Gamma = \Gamma_\infty \frac{Kc}{1+Kc} \tag{21-2}$$

式中，Γ_∞ 为饱和吸附量；K 为经验常数。

将式(21-2)两边取倒数并整理得：

$$\frac{c}{\Gamma} = \frac{c}{\Gamma_\infty} + \frac{1}{K\Gamma_\infty} \tag{21-3}$$

由式（21-3）可知，以 c/Γ 对 c 作图可得一直线，此直线斜率的倒数即为 Γ_∞。

Γ_∞ 可近似看作是在单位表面上铺满定向排列的单分子层溶质时的物质的量，因此可由此算出每个被吸附的溶质分子的横截面积 a_m：

$$a_m = \frac{1}{\Gamma_\infty L} \tag{21-4}$$

式中，L 为阿伏加德罗常数。

测定表面张力的方法很多，最大气泡压力法较为方便，故应用较多，实验装置如图 21-1。基本原理是将欲测表面张力的液体装于试管 2 中，使毛细管 1 的端口与液体表面刚好接触，液面沿毛细管上升，再打开滴液漏斗 6 的玻璃活塞 5，滴液的加入可达到缓慢增压的目的，此时毛细管 1 内液面上受到一个比管 2 内液面上大的压力，当此压力差稍大于毛细管端产生的气泡内的附加压力时，气泡就冲出毛细管。此压力差 Δp 始终与气泡内的附加压力 $p_{附}$ 维持平衡。压力差 Δp 数值可由压力计读出。

气泡内的附加压力 $p_{附} = 2\sigma/r$，该式中，σ 为溶液的表面张力；r 为气泡的曲率半径。

由于 $\Delta p = p_{附}$，则

$$\sigma = (r/2)\Delta p \tag{21-5}$$

因为只有气泡半径等于毛细管半径

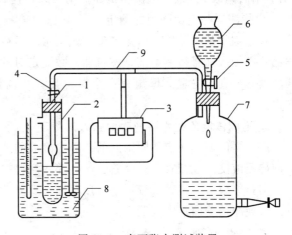

图 21-1　表面张力测试装置
1—玻璃毛细管；2—带支管试管；3—数字式微压差测量仪；4—夹子；5—玻璃活塞；6—滴液漏斗；7—磨口烧瓶；8—恒温槽；9—T 型管

时，气泡的曲率半径最小，产生的附加压力最大，此时压力计上的 Δp 也最大，所以在测得压力计上的最大 Δp 时对应的即为毛细管半径。毛细管半径不易测得，但对于同一仪器的 $r/2$ 为常数，可设为 K，称为仪器常数，则式（21-5）变为：

$$\sigma = K\Delta p \tag{21-6}$$

用已知表面张力 σ_0 的液体（如水）作标准液，测其最大压力差 Δp_0，则 $K = \sigma_0/\Delta p_0$，代入式（21-6），可求出任何溶液的 σ 值。

三、仪器与试剂

仪器：恒温水浴装置，数字式微压差测量仪，玻璃毛细管，滴液漏斗，T 形管，带支管玻璃管，磨口烧瓶。

试剂：蒸馏水，丙酮，无水乙醇，冰醋酸，乙醇水溶液（$0.025\,mol \cdot L^{-1}$，$0.05\,mol \cdot L^{-1}$，$0.10\,mol \cdot L^{-1}$，$0.30\,mol \cdot L^{-1}$，$0.50\,mol \cdot L^{-1}$）。

四、操作步骤

1. 仪器常数 K 的测定

（1）清洗仪器。将表面张力测试装置中的 1、2 用洗液浸泡数分钟后，用自来水及蒸馏水冲洗干净，要求在玻璃内表面上不能留有水珠，使毛细管有很好的润湿性。

（2）将恒温水浴装置调到所需温度。

（3）向清洗干净的支管玻璃管（样品管）中加入适量蒸馏水，然后放入毛细管，要求毛

细管垂直且使其尖端刚好与液面相接触。按图 21-1 连接好整个测试装置。打开微压差测量仪的开关，预热 10min 后按下"置零"按钮，测量仪显示 0000，表示此时大气压与系统压力差为零。为检查仪器是否漏气，打开滴水增压，在压差计上有一定压力显示，关闭开关，停 1min 左右，若压差计显示的压力值不变，说明仪器不漏气。

（4）液体恒温 15min 后，打开开关与继续滴水增压，气泡便从毛细管下端逸出，控制气泡逸出速度在每分钟 6～10 个。可以观察到，当气泡刚被破坏时，微压差计显示的压力值最大，读取并记录微压差计压力值 3 次，求出平均值，得 Δp_0。由已知蒸馏水的表面张力 σ_0（可查书后附表 5）及实验测得的压力值 Δp_0，代入 $K=\sigma_0/\Delta p_0$ 可算出仪器常数 K 值。

2. 待测样品表面张力的测定

将毛细管从样品管中取走，倒掉蒸馏水，用待测溶液将样品管和毛细管各冲洗三次，在样品管中加入适量待测溶液，按仪器常数测定时的操作步骤，分别测定丙酮、无水乙醇、冰醋酸的 Δp 值。注意：每测完一个试样后，均需用下一个待测溶液冲洗样品管和毛细管三次。

3. 不同浓度乙醇水溶液表面张力的测定

用同样的方法测定不同浓度的乙醇水溶液的 Δp 值，测定顺序由稀到浓。每次测量前均需用待测液洗涤毛细管和样品管三次，并注意保护毛细管的尖端，勿使其碰损或沾污。

实验结束后，将毛细管拆下，用蒸馏水反复冲洗干净后（特别是毛细管内部），将毛细管浸入纯净的蒸馏水中放置。

五、数据记录与处理

1. 列表记录实验数据（表 21-1）

表 21-1 实验数据记录

样　品	测定次数及 Δp 平均值			
	1	2	3	Δp 平均值
蒸馏水				
丙酮				
无水乙醇				
冰醋酸				
0.025mol·L^{-1} 乙醇水溶液				
0.05mol·L^{-1} 乙醇水溶液				
0.10mol·L^{-1} 乙醇水溶液				
0.30mol·L^{-1} 乙醇水溶液				
0.50mol·L^{-1} 乙醇水溶液				

2. 查出实验温度下纯水的表面张力 σ_0，并由所测得的 Δp_0 数据，代入 $K=\sigma_0/\Delta p_0$ 计算仪器常数 K。

3. 由以上所得出的仪器常数 K 值，代入 $\sigma=K\cdot\Delta p$，分别计算各待测溶液的表面张力。

4. 根据所计算出的不同浓度乙醇水溶液的表面张力数据，在坐标纸上作 σ-c 图，要描成光滑曲线。

5. 在 σ-c 图上取适当间隔的 6～7 个点，作各点的切线，并分别求出各切线的斜率

$(\partial \sigma / \partial c)_T$ 值，将其代入吉布斯等温式中算出各对应浓度的 Γ 值，将所得数据列表见表 21-2。

表 21-2　实验数据处理

$c / \text{mol} \cdot \text{L}^{-1}$					
$(\partial \sigma / \partial c)_T / 10^{-3} \text{N} \cdot \text{L} \cdot \text{mol}^{-1}$					
$\Gamma / \text{mol} \cdot \text{m}^{-2}$					
$(c / \Gamma) / \text{m}^2 \cdot \text{L}^{-1}$					

6. 依据上表数据分别作 Γ-c 图和 c/Γ-c 图，并由 c/Γ-c 图中直线的斜率求出 Γ_∞ 及乙醇分子的横截面积 a_m。

六、思考题

1. 测量液体表面张力时，为什么要保持温度恒定？液体表面张力的大小与哪些因素有关？

2. 为什么不需要知道毛细管尖口的半径？

3. 为什么毛细管尖端应平整光滑，安装时要垂直并刚好接触液面而不能插进液体里去？

4. 气泡如果出得很快，对结果有什么影响？

七、实验注意事项

1. 毛细管必须清洁，对液体要有足够的润湿性。

2. 产生气泡的速率不宜过快；毛细管插入液体的深度要尽量做到可以忽略不计。

3. 测量液体的表面张力时，温度要保持恒定。

4. 常温下一般液体表面张力不大，用内径 $0.2 \sim 0.5 \text{mm}$ 的毛细管即可。

实验二十二　固体在溶液中的吸附

一、实验目的

1. 测定活性炭在醋酸水溶液中对醋酸的吸附量。

2. 通过实验进一步理解吸附等温线及弗罗因德利希（Freundlich）吸附等温式的意义。

3. 绘制吸附等温线并求得弗罗因德利希（Freundlich）式中的经验常数 k 和 α。

二、实验原理

固体在溶液中的吸附是最常见的吸附现象之一。许多吸附剂、催化剂载体及粉状填料，如硅胶、活性氧化铝、硅藻土以及各种吸附树脂等都是多孔性物质，具有很大的比表面积，根据其组成和结构的差异，各有不同的吸附特性。活性炭是一种主要的吸附剂，它用途十分广泛，不仅可以用于吸附气体物质，也可用于吸附溶液中的溶质。

吸附能力的大小通常用吸附量 Γ 来表示，Γ 通常指单位质量的吸附剂上所吸附溶质的物质的量。在一定温度下，吸附量 Γ 与吸附质在溶液中的平衡浓度 c 有关，其关系符合弗罗因德利希吸附等温式：

$$\Gamma = \frac{n}{m} = kc^\alpha \tag{22-1}$$

式中，n 为吸附质的物质的量，mol；m 为吸附剂的质量，g；Γ 为吸附量，$\text{mol} \cdot \text{g}^{-1}$；$c$ 为平衡时溶液的浓度，$\text{mol} \cdot \text{L}^{-1}$；$k$ 和 α 均为经验常数，由温度、溶剂、吸附质及吸附剂的

性质决定，一般由实验确定。

将式（22-1）取对数，可得：

$$\lg\left(\frac{n}{m}\right)=\alpha\lg(c)+\lg(k) \tag{22-2}$$

以 $\lg\left(\frac{n}{m}\right)$ 对 $\lg(c)$ 作图，可得斜率为 α、截距为 $\lg(k)$ 的直线，由此直线可求得 α 和 k 的值。

式（22-1）中的 n/m 可以通过吸附前后溶液浓度的变化及活性炭准确称量值求得，即

$$\frac{n}{m}=\frac{(c_0-c)}{m}V \tag{22-3}$$

式中，V 为溶液的总体积；m 为活性炭的质量；c_0 为吸附前溶液的浓度；c 为吸附后溶液的浓度。

三、仪器与试剂

仪器：125mL 锥形瓶 8 个，25mL 酸式、碱式滴定管各一支，5mL、10mL、25mL 移液管各一支，漏斗 6 个，振荡机一台。

试剂：0.4mol·L^{-1} HAc 标准溶液，0.1mol·L^{-1} NaOH 标准溶液，酚酞指示剂一瓶，活性炭（颗粒状或粉状）若干。

四、操作步骤

1. 吸附液的配制

将 0.4mol·L^{-1} HAc 标准溶液按表 22-1 的比例稀释配制成 50mL 不同浓度的 HAc 溶液，分别置于 6 个干燥洁净的锥形瓶中，编好号码并盖好瓶塞，防止醋酸挥发。

表 22-1　吸附液的配制比例

编　　号	1	2	3	4	5	6
0.4mol·L^{-1} HAc 的体积 V/mL	50	25	15	7.5	4	2
蒸馏水的体积 $V_{水}$/mL	0	25	35	42.5	46	48

2. 吸附过程

将 120℃下烘干的活性炭约 1g（准确至 0.01g），分别加到各锥形瓶中，塞好瓶塞，在振荡机上振荡适当的时间（视温度而定，室温下一般 1~2h，以吸附达到平衡为准），振荡速度以活性炭可翻动为宜。

3. 平衡浓度的测定

如果采用粉状活性炭，则应将各溶液过滤并弃去最初 10mL 滤液，在剩余滤液中取样；如果采用颗粒状活性炭，可直接从锥形瓶中取样，按 1~6 编号，分别取 5mL、10mL、25mL、25mL、25mL、25mL，再用 0.1mol·L^{-1} NaOH 标准溶液滴定，根据所用标准碱溶液的体积，确定平衡浓度 c。

五、数据记录与处理

1. 分别求出 HAc 溶液的初始浓度 c_0 和平衡浓度 c。

2. 将 c_0 和 c 代入式（22-3）算出 n/m。

3. 算出 $\lg\left(\frac{n}{m}\right)$ 及 $\lg(c)$。

将以上数据按实验编号分别填入表 22-2。

表 22-2 实验数据记录与处理

编号	1	2	3	4	5	6
活性炭质量 m/g						
测定用碱的体积 $V(NaOH)$/mL						
取样的体积 $V(HAc)$/mL	5	10	25	25	25	25
HAc 的初始浓度 c_0/mol·L^{-1}						
HAc 的平衡浓度 c/mol·L^{-1}						
$\dfrac{n}{m}$/mol·g^{-1}						
$\lg\left(\dfrac{n}{m}\right)$						
$\lg(c)$						

(4) 根据表 22-2 内数据作 $\dfrac{n}{m}$ 对 c 的吸附等温线。

(5) 以 $\lg\left(\dfrac{n}{m}\right)$ 对 $\lg(c)$ 作图，从所得直线斜率和截距求出经验常数 k 和 α。

六、思考题

1. 影响固体在溶液中吸附的因素有哪些？
2. 固体在稀溶液中对溶质分子的吸附与固体在气相中对气体分子的吸附有何区别？
3. 如何加快吸附达到平衡的速度？如何判断是否已经达到吸附平衡？
4. 降低吸附温度对吸附有什么影响？

七、实验注意事项

1. 操作过程中，应防止溶剂过量挥发，以免引入较大误差。
2. 溶液配好摇匀后再放入活性炭。
3. 六个锥形瓶的吸附温度要相同，吸附一定要达到平衡。
4. 活性炭吸附是可逆吸附，因此使用过的活性炭可回收利用（用蒸馏水浸泡数次，烘干、抽气后即可）。

实验二十三 黏度法测定高分子化合物的相对分子质量

一、实验目的

1. 掌握黏度法测定高分子化合物相对分子质量的原理和方法。
2. 熟悉温度控制的原理和操作方法。

二、实验原理

高分子化合物的相对分子质量是了解化合物性能的一个重要数据，因为它不仅反映了高分子化合物分子的大小，并且直接关系到高分子化合物的物理性能。但高分子化合物多是相对分子质量不等的混合物，因此通常测得的相对分子质量是一个平均值。对于线型高分子化合物来说，相对分子质量的测量方法有几种，如端基分析、渗透压和光散射等，比较起来，黏度法设备简单，操作方便，并有很好的实验精度，因此是最常用的方法。

高分子在稀溶液中的黏度是它在流动过程所存在的内摩擦的反映，这种流动过程中的内摩擦主要有溶剂分子之间的内摩擦、高分子与溶剂分子间的内摩擦以及高分子间的内摩擦。其中溶剂分子之间的内摩擦又称为纯溶剂的黏度，以 η_A 表示。三种内摩擦的总和称为高分子溶液的黏度，以 η 表示。实践证明，在同一温度下，高分子溶液的黏度一定要比纯溶剂的黏度大些，即 $\eta > \eta_A$。为了比较这两种黏度，引入了增比黏度的概念，增比黏度即黏度增加的分数，以 η_{sp} 表示

$$\eta_{sp} = (\eta - \eta_A)/\eta_A = \eta_r - 1 \tag{23-1}$$

式中，η_r 是相对黏度，它是溶液黏度与溶剂黏度的比值，反映的仍是整个溶液黏度的行为；η_{sp} 则反映出扣除了溶剂分子间的内摩擦以后仅仅是纯溶剂与高分子以及高分子之间的内摩擦。显然，高分子溶液的增比黏度 η_{sp} 随高分子化合物 B 的浓度的增加而增加。为了便于比较，将增比黏度 η_{sp} 与高分子 B 的质量浓度 ρ_B 的比值称为比浓黏度，而将相对黏度的对数 $\ln\eta_r$ 与 ρ_B 的比值称为比浓对数黏度。当溶液无限稀释时，高分子彼此相隔甚远，它们的相互作用可以忽略，此时有：

$$[\eta] = \lim_{\rho_B \to 0} \frac{\eta_{sp}}{\rho_B} = \lim_{\rho_B \to 0} \frac{\ln\eta_r}{\rho_B} \tag{23-2}$$

式中，$[\eta]$ 称为特性黏度，单位为 $m^3 \cdot kg^{-1}$。特性黏度 $[\eta]$ 反映的是无限稀释溶液中高分子与溶剂分子间的内摩擦，其值取决于溶剂的性质及高分子化合物分子的大小和形态。

在高分子的稀薄溶液中，比浓黏度 η_{sp}/ρ_B 与高分子化合物 B 的质量浓度 ρ_B、比浓对数黏度 $\ln\eta_r/\rho_B$ 与质量浓度 ρ_B 之间分别符合下述经验关系式：

$$\eta_{sp}/\rho_B = [\eta] + k'[\eta]^2\rho_B \tag{23-3}$$
$$(\ln\eta_r/\rho_B)/\rho_B = [\eta] - \beta[\eta]^2\rho_B \tag{23-4}$$

上两式中，k' 和 β 分别称为哈金斯（Huggins）和 Kramer 常数。这是两个线性方程，通过 η_{sp}/ρ_B 对 ρ_B 和 $\ln\eta_r/\rho_B$ 对 ρ_B 作图，外推至 $\rho_B = 0$ 时所得截距即为 $[\eta]$。显然，对于同一高分子化合物，由两线性方程作图外推所得截距相交于同一点。

高分子化合物溶液的特性黏度 $[\eta]$ 与其摩尔质量之间的关系，通常用马克-豪温克（Mark-Houwink）经验方程式来表示：

$$[\eta] = KM^\alpha \tag{23-5}$$

式中，M 为高分子化合物的平均相对分子质量；K 为比例常数；α 为高分子化合物在溶液中与形态有关的经验参数。K 和 α 均与温度、高分子化合物性质及溶剂的性质有关。当温度和体系确定时，它们是常数，可通过其他实验方法（如膜渗透压法、光散射法等）测定。实验证明，α 值一般在 $0.5 \sim 1.7$ 之间。聚乙烯醇的水溶液在 25℃ 时，$\alpha = 0.76$，$K = 0.02$；在 30℃ 时，$\alpha = 0.64$，$K = 0.0666$。

由上述可以看出，高分子化合物相对分子质量的测定最后归结为溶液特性黏度 $[\eta]$ 的测定。当液体在重力作用下流经毛细管时，其遵守泊肃叶公式，当 $t > 100s$ 时，泊肃叶公式等式右边的第二项可以忽略，即 $\eta = \frac{\pi h \rho g r^4 t}{8Vl}$。

对于稀薄溶液（高分子化合物 B 的质量浓度 $\rho_B < 10 kg \cdot m^{-3}$），假设溶液的密度 ρ 与纯溶剂 A 的密度 ρ_A 近似相等，用同一黏度计在相同条件下测定溶剂和溶液的黏度时，它们的黏度之比就等于流出时间之比：

$$\eta_r = \eta/\eta = t/t_A \tag{23-6}$$

式中，t 为测定溶液的流出时间；t_A 为测定纯溶剂 A 的流出时间。所以只需测定溶液和溶剂在毛细管中的流出时间就可得到相对黏度 η_r。

三、仪器与试剂

仪器：恒温槽装置 1 套，乌氏黏度计 1 支，50mL 有塞锥形瓶 2 个，洗耳球 1 只，5mL 移液管 1 支，10mL 移液管 2 支，细乳胶管 2 根，弹簧夹 2 个，恒温槽夹 3 个，25mL 容量瓶 1 个，50mL 烧杯一个，秒表 1 只。

试剂：聚乙烯醇（化学纯），正丁醇（化学纯）。

四、操作步骤

1. 配制溶液

称取 0.5g 左右聚乙烯醇（称准至 0.001g），放入 50mL 烧杯中，注入约 15mL 的蒸馏水，稍加热使其溶解。待冷却至室温，加入 2 滴正丁醇（去泡剂），移入 25mL 容量瓶中，加蒸馏水定容至刻度。如果溶液中有固体杂质，用玻璃砂芯漏斗过滤后待用，不能用滤纸过滤，以免纤维混入。

一般高聚物不易溶解，往往要放置 1～2 天时间，所以应在实验前预先配好溶液。

2. 安装黏度计

先用热洗液（经砂芯漏斗过滤）浸泡，再用自来水、蒸馏水将黏度计冲洗干净，放在烘箱中干燥，以免残留的微量灰尘、污垢等局部堵塞毛细管，影响溶液在毛细管中的流速，而导致较大误差。

在侧管 C（参看图 20-4）上端套一软胶管，并用夹子夹紧使之不漏气。调节恒温槽水温至（25±0.1）℃。把黏度计垂直放入恒温槽中，使球 1 完全浸没在水中，放置位置要合适，便于观察液体的流动情况。恒温槽的搅拌速度要合适，不致产生剧烈运动，影响测量结果。

3. 测定溶液流出时间 t

将蒸馏水及配制好的溶液置于恒温槽中恒温。用移液管从 A 管准确注入已恒温好的 10mL 聚乙烯醇溶液，恒温数分钟。紧闭 C 管上的乳胶管，用洗耳球从 B 管上慢慢抽气，待液体升满球 1 时停止抽气。迅速打开 C 管乳胶管上的夹子和拿走 B 管上的洗耳球，使毛细管内液体同球 3 分开，空气进入球 3。B 管中的液面逐渐下降。当水平面通过刻度 a 时，按下秒表，开始记录时间；当液面通过 b 时，按下秒表，计时结束。用秒表测定液面在 a、b 两线间移动所需的时间，该时间即为溶液的流出时间 t。重复测定 3 次，偏差小于 0.2s，取平均值。如果偏差过大，则应检查毛细管有无堵塞现象，查看恒温槽温度稳定情况是否良好。

再用移液管加入 5mL 已恒温的蒸馏水，用洗耳球从 C 管鼓气搅拌，并将溶液从 B 管慢慢地抽上流下数次，使之混合均匀，再用上法测定流出时间。同样，依次加入 5mL、10mL、10mL 已恒温的蒸馏水，逐一测定溶液的流出时间。最后一次如果溶液太多，可在混合均匀后倒出一部分。由于溶液组成的计算由稀释得来，故所加蒸馏水的体积必须准确，混合必须均匀，将溶液倒入回收瓶内。

4. 测定溶剂流出时间 t_A

用蒸馏水仔细冲洗黏度计 3 次。用移液管准确注入已恒温好的 10mL 蒸馏水，恒温数分钟。同上法测定纯溶剂的流出时间 t_A。

实验结束后，黏度计应洗净，然后用洁净的蒸馏水浸泡或倒置使其晾干。在倒置干燥以前，黏度计内壁必须彻底洗净，以免所剩的高分子化合物在毛细管内形成薄膜。为除掉灰尘的影响，所用的试剂瓶、黏度计应扣在钟罩内，移液管也应用塑料薄膜覆盖（切勿用纤维材料）。

五、数据记录与处理

1. 数据记录（见表 23-1）

室温：_____；大气压力：_____；恒温槽温度：_____。

表 23-1　实验数据记录

$\rho_B/g\cdot dm^{-3}$							纯水
	1						
t/s	2						
	3						
	平均值						

2. 数据处理

（1）计算不同组成时的 $\ln\eta_r/\rho_B$ 和 η_{sp}/ρ_B　见表 23-2。

表 23-2　实验数据处理

$\rho_B/g\cdot dm^{-3}$				
t/s				
η_r				
η_{sp}				
$\ln\eta_r/\rho_B$				
η_{sp}/ρ_B				

（2）分别以 $\ln\eta_r/\rho_B$ 对 ρ_B 和 η_{sp}/ρ_B 对 ρ_B 作图，并作线性外推，求得截距，即得特性黏度 $[\eta]$。

（3）由式 $[\eta]=KM^{\alpha}$（25℃时，$\alpha=0.76$，$K=0.02$），求出聚乙烯醇的平均相对分子质量 M。

六、思考题

1. 乌氏黏度计中的 C 管有何作用？去掉 C 管是否仍可测量黏度？

2. 黏度计的毛细管太粗或太细对实验有何影响？

3. 实验成功的关键之一是流过毛细管的液体不能含有气泡。为实现这一点，在混合溶液和测量过程中，操作上应注意哪些问题？

4. 为何要用 $[\eta]$ 求高分子化合物的平均相对分子质量？它与溶剂黏度 η_A 有何区别？

七、实验注意事项

1. 黏度计必须洁净，如毛细管壁上挂有水珠，需用洗液浸泡（洗液经砂芯漏斗过滤除去微粒杂质）。

2. 测定时黏度计必须垂直放置，否则影响实验结果的准确性。

3. 本实验中溶液的稀释是直接在黏度计中进行的，所用溶剂必须先与溶液处于同一恒温槽中恒温，然后用移液管准确量取并充分混合均匀方可测定。

4. 高分子化合物在溶液中溶解缓慢，配制溶液时必须保证其完全溶解，否则会影响溶液起始浓度，从而导致结果偏低。

实验二十四　$Fe(OH)_3$ 和 Sb_2S_3 溶胶的制备及聚沉值测定

一、实验目的

1. 掌握 $Fe(OH)_3$ 和 Sb_2S_3 溶胶的制备及纯化方法。
2. 测定所制备的 $Fe(OH)_3$ 和 Sb_2S_3 溶胶的聚沉值，从实验结果判断胶体带何种电荷。

二、实验原理

胶体是指分散相的粒子直径至少在某个方向上在 $10^{-9} \sim 10^{-6}$ m 之间的分散系统。胶体系统通常分为三类：溶胶，高分子溶液和缔合胶体，其中溶胶又可分亲液溶胶和憎液溶胶。憎液溶胶是一类高度分散的多相系统，由于分散相不能溶于分散介质中，故有很大的相界面，很高的界面能，因此是热力学不稳定系统。

溶胶的制备方法可分为分散法和凝聚法。分散法是用适当的方法把较大的物质颗粒变为胶体大小的质点，使其分散于分散介质中。凝聚法又可分为三种：①物质汽化后在适当条件下凝结；②改变溶剂或实验条件（如降温），降低溶解度，从而使溶质凝结成胶体颗粒；③在适当条件下，借助化学反应，先制成难溶物分子（或离子）的过饱和溶液，再使之相互结合成胶体粒子而得到溶胶。第 3 种方法是制备溶胶最常用的方法。本实验即是利用该法制备 $Fe(OH)_3$ 溶胶，其反应为：

$$FeCl_3 + 3H_2O \longrightarrow Fe(OH)_3 + 3HCl$$

聚集在溶液表面上的 $Fe(OH)_3$ 分子与 HCl 又起反应

$$Fe(OH)_3 + HCl \longrightarrow FeOCl + 2H_2O$$

而 FeOCl 离解成 FeO^+ 和 Cl^-。$Fe(OH)_3$ 是典型带正电的溶胶，其结构可用下式表示：

$$\{[Fe(OH)_3]_m \cdot nFeO^+ (n-x)Cl^-\}^{x+} \cdot xCl^-$$

应当指出，用不同方法及在不同条件下制得的溶胶粒子的结构和性质往往不同。制成的胶体体系中常有其他杂质存在，影响其稳定性，因此必须纯化。纯化的方法通常是采用半透膜进行渗析。

胶体稳定的重要原因是胶体粒子表面带有电荷、溶剂化作用以及布朗运动。憎液溶胶的稳定性主要取决于胶粒表面电荷的多少。憎液溶胶在加入电解质后能聚沉，使溶胶发生明显聚沉所需要电解质的最小浓度，称为该电解质的聚沉值。某电解质的聚沉值越小，表明其聚沉能力越大，因此，将聚沉值的倒数定义为聚沉能力。舒尔策-哈迪（Schulze-Hardy）价数规则指出：电解质中能使溶胶发生聚沉的离子，是与胶体粒子带电符号相反的离子，即反离子，反离子的价数越高，聚沉能力越大。一般来说，反离子的聚沉能力是：三价＞二价＞一价，但不成简单的比例，可以近似地表示为反离子价数的 6 次方的反比，即三价：二价：一价 $=3^6 : 2^6 : 1^6 = 729 : 64 : 1$。上述比值是在其他因素完全相同的条件下导出的，表明同号离子的价数越高，聚沉能力越强（但 H^+ 除外）。不论是具有正电荷还是负电荷的溶胶，这个规则都适用。当然，对于同价离子来说，聚沉能力也各不相同。

三、仪器和试剂

仪器：锥形瓶（200mL 2 个、50mL 3 个），量筒（100mL）1 个，铁架台，试管及试管架一套，移液管（1mL、2mL、10mL 各 2 支），加热装置一套，烧杯（100mL、400mL、800mL 各一个），离心试管 30 支及管架。

试剂：$FeCl_3$ 溶液（质量分数 10%），火棉胶，$AgNO_3$ 溶液（质量分数 1%），KCNS 溶液（质量分数 1%），酒石酸氧锑钾（吐酒石）一小包，H_2S，KCl 溶液（$0.5mol \cdot L^{-1}$），K_2SO_4 溶液（$0.01mol \cdot L^{-1}$），$K_3Fe(CN)_6$ 溶液（$0.001mol \cdot L^{-1}$）。

四、实验步骤

1. $Fe(OH)_3$ 和 Sb_2S_3 溶胶的制备及纯化

（1）半透膜的制备　在一洁净、干燥的 200mL 锥形瓶中，加入约 20mL 火棉胶液，小心转动锥形瓶，使火棉胶液黏附在锥形瓶内壁上形成均匀薄层，倾出多余的火棉胶。将锥形瓶倒置于铁架台的铁圈上，仍不断旋转，让剩余的火棉胶流尽，并让乙醚挥发，直至嗅不出乙醚气味为止（此时用手轻触火棉胶膜，已不粘手）。然后再往瓶中注满水（注意加水不宜太早，因若乙醚未蒸发完，则加水后膜呈白色而不适用，但亦不可太迟，因膜变干硬后不易取出），浸泡 10min 左右，剩余在膜上的乙醇即被溶去。倒出瓶中的水，小心用手分开膜与瓶壁的间隙，慢慢注水于夹层中，使膜脱离瓶壁，轻轻取出，往膜袋中灌水且悬空，袋中的水应能逐渐渗出。若袋有漏洞，只需擦干有洞的部分，用玻璃棒蘸火棉胶少许，轻轻接触漏洞，即可补好。制好的半透膜，不用时需在水中保存，否则袋发脆易裂，且渗透能力减弱。

（2）$Fe(OH)_3$ 溶胶的制备　在 200mL 锥形瓶中加入 95mL 蒸馏水，加热煮沸，慢慢地滴入 5mL 质量分数为 10% $FeCl_3$ 溶液，并不断搅拌，加完后继续煮沸 2～3min。由于水解的缘故，得到深红棕色的 $Fe(OH)_3$ 溶胶，冷却待用（冷却时无颜色变化）。

（3）Sb_2S_3 溶胶的制备　在 400mL 烧杯中加入 0.25g 酒石酸氧锑钾（吐酒石），加 200mL 蒸馏水使其完全溶解，通硫化氢气体使溶液饱和，即可得到橘黄色的 Sb_2S_3 溶胶。

（4）$Fe(OH)_3$ 和 Sb_2S_3 溶胶的纯化　把制得的 $Fe(OH)_3$ 溶胶置于半透膜袋中，用线拴住袋口，置于盛有水的 800mL 烧杯内，烧杯内加蒸馏水 300mL，为了提高渗析速度，可将水加热至 60～70℃。每 20min 换一次蒸馏水。4 次后各取出 1mL 渗析水于两小试管中，分别用 1% $AgNO_3$ 和 1% KCNS 溶液检查是否存在 Cl^- 及 Fe^{3+}，如果仍存在，应继续换水渗析，直到检查不出为止。

用同样方法将 Sb_2S_3 溶胶进行纯化。

将纯化过的 $Fe(OH)_3$ 和 Sb_2S_3 溶胶移入一清洁、干燥的 100mL 小烧杯中，待用。

2. 聚沉值的测定

（1）不同电解质的聚沉值的测定　用 10mL 移液管在三个干净的 50mL 锥形瓶中各注入 10mL 前面制备的 $Fe(OH)_3$ 溶胶，然后在每个瓶中用滴定管一滴滴地加入 $0.5mol \cdot L^{-1}$ KCl、$0.01mol \cdot L^{-1}$ K_2SO_4 溶液、$0.001mol \cdot L^{-1}$ $K_3Fe(CN)_6$ 溶液，不断摇动。每加一滴要充分摇晃，至少 1min 内溶液不出现浑浊才可以加第二滴电解质溶液。因溶胶开始聚集时，胶粒数目的变化只能通过显微镜才能看到，而达到肉眼能看到的浑浊现象不是立即发生的，所以要等一段时间后才能加第二滴。注意：在开始有明显聚沉物出现时，即停止加入电解质。

（2）Sb_2S_3 溶胶聚沉值的测定　取 4 支洗净烘干的离心试管，分别加入 4.00mL 溶胶，然后再取 4 支洗净烘干的离心试管编上号码，按表 24-1 用移液管配出不同浓度的 KCl 溶液。

表 24-1　不同浓度的 KCl 溶液的配制

管　　号	1	2	3	4
$0.5mol \cdot L^{-1}$ KCl 体积 V/mL	0.15	0.35	0.70	1.00
蒸馏水体积 $V_水$/mL	1.85	1.65	1.30	1.00

依次将表 24-1 中不同浓度的 KCl 溶液倾入盛有 Sb_2S_3 溶胶的管内，倾时须迅速，并来回倾倒两次，以使电解质与溶胶充分混合。混合均匀后，静置 5min，观察哪一支试管发生浑浊或沉淀。

结果记录见表 24-2。

表 24-2　实验结果记录

管　号	1	2	3	4
结　果	清	清	浑浊或沉淀	浑浊或沉淀

则发生浑浊或沉淀时，溶胶中含有最低的 KCl 的浓度（单位为 $mol \cdot L^{-1}$）是此溶胶的聚沉值。

依照同样的方法与步骤，用 $0.005mol \cdot L^{-1}$ 的 $BaCl_2$ 和 $0.004mol \cdot L^{-1}$ 的 $AlCl_3$（用 $0.04mol \cdot L^{-1}$ 的 $AlCl_3$ 稀释制得）溶液测定 $BaCl_2$ 和 $AlCl_3$ 对 Sb_2S_3 溶胶的聚沉值。比较其聚沉能力，说明胶粒带电符号。

五、数据记录与处理

1. 记下每次滴加电解质所用的体积，并计算聚沉值的大小。说明 $Fe(OH)_3$ 溶胶带什么电？写出胶团结构。

2. 将各电解质产生聚沉时的体积列于表 24-3。

表 24-3　各电解质产生聚沉时的体积

电解质	电解质浓度	所用电解质的体积
KCl		
K_2SO_4		
$K_3Fe(CN)_6$		

详细观察实验中各个现象，记录这些现象和数据，把数据填入表 24-3 中。

3. 把各电解质的临界聚沉浓度作一比较，是否符合舒尔策-哈迪（Schulze-Hardy）价数规则？

4. 根据聚沉值测定结果说明 Sb_2S_3 胶粒的带电符号。

六、思考题

1. 实验时，如果加热过久，溶胶中的水蒸气蒸去较多，会给实验结果（指聚沉值）带来什么影响？

2. 水解法所制备的 $Fe(OH)_3$ 溶胶，Cl^- 的来源有哪几个方面？

3. 用什么方法可使 $Fe(OH)_3$ 溶胶的浓度提高？

七、实验注意事项

1. 在制备半透膜时，一定要使整个锥形瓶的内壁上均匀地附着一层火棉胶，在取出半透膜时，一定要借助水的浮力将膜托出。

2. 制备 $Fe(OH)_3$ 溶胶时，$FeCl_3$ 一定要逐滴加入，并不断搅拌。

3. 纯化 $Fe(OH)_3$ 溶胶时，换水后要渗析一段时间再检查是否有 Cl^- 及 Fe^{3+} 的存在。

实验二十五　电泳实验

一、实验目的

1. 观察溶胶的电泳现象并了解其电学性质，利用电泳方法测定该溶胶的 ζ 电势。

2. 明确求算 ζ 电势公式中各物理量的意义。

二、实验原理

溶胶粒子因从分散介质中吸附了一定量的离子或因自身的电离等原因，表面带有一定量的电荷。而在分散介质中，存在着异号离子——反离子，反离子所带的电荷与胶粒表面电荷符号相反、数量相等，整个溶胶体系保持电中性。胶粒周围的反离子由于静电引力和热扩散的结果，形成了两个部分：一部分与胶粒结合，紧密附着在胶核的表面，形成固定吸附层或叫做斯特恩层，有 1～2 个分子的厚度；另一部分离子呈扩散状态分布在溶液中，它的厚度随外界条件（温度、体系中电解质浓度及其离子的价态等）而改变。在固定吸附层中，除反离子外，还有一些溶剂分子同时被吸附。反离子的电性中心所形成的假想面，称为斯特恩面。当固、液两相发生相对移动时，紧密层中吸附在固体表面的反离子和溶剂分子与固体粒子作为一个整体一起运动，其滑动面在斯特恩面稍外一些。滑动面与溶液本体之间的电势差，称为电动电势或 ζ 电势。

在外电场的作用下，胶体粒子在分散介质中定向移动的现象，称为电泳。胶体粒子的移动方向取决于胶粒所带的电荷，胶粒的运动速度则由 ζ 电势决定。ζ 电势的大小与胶粒的性质、介质成分及溶胶与电解质的浓度有关。通常 ζ 电势越小，溶胶越不稳定。

测定电泳的实验有多种方法，本实验用界面移动法测定 $Fe(OH)_3$ 溶胶的 ζ 电势。实验时，将溶胶置于 U 形管电泳仪的下半部，在上面小心添加另一种不含胶粒的无色导电液，使 U 形管两臂内的液面接触处有一清晰的界面，在外电场的作用下，测定界面的移动速度，即可根据亥姆霍兹公式计算出胶粒的 ζ 电势。

$$\zeta = \frac{4\pi\eta}{DH} u \times 300^2 \tag{25-1}$$

式中，H 为电势梯度，$V \cdot cm^{-1}$（$H = E/L$，E 为外加电压，V；L 为两电极间的距离，cm）；u 为电泳速度，$cm \cdot s^{-1}$（$u = d/t$，d 为溶胶界面移动的距离，cm，t 为经历的时间，s）；η 为液体黏度；D 为溶液的介电常数，对于水溶胶，$\eta_{20℃} = 0.01005P$（$1P = 10^{-1} Pa \cdot s^{-1}$，下同），$\eta_{25℃} = 0.00894P$，$D = 81$。

三、仪器与试剂

仪器：烧杯（100mL、250mL）各一个，漏斗 1 个，滴管 1 个，电导率仪 1 台，电泳仪 1 台，秒表 1 个，直流稳压电源 1 个，半透膜。

试剂：$FeCl_3$ 溶液（质量分数 10%），$AgNO_3$ 溶液（质量分数 1%），KCNS 溶液（质量分数 1%），KCl 溶液（$0.01mol \cdot L^{-1}$）。

四、操作步骤

1. $Fe(OH)_3$ 溶胶的制备及纯化

方法见实验二十四相应内容。

2. ζ 电势的测定

（1）导电辅助液的配制。将制备并纯化的 $Fe(OH)_3$ 溶胶放入烧杯中，用电导率仪测定溶胶的电导。将 100mL 蒸馏水置于另一烧杯中，插入电极，一边搅拌一边滴加 $0.01mol \cdot L^{-1}$ 的 KCl 溶液，并同时测其电导，直至其电导与 $Fe(OH)_3$ 溶胶的电导相等。

（2）用橡皮管将漏斗与 U 形管接好，关闭活塞，从漏斗处注入一定量的 $Fe(OH)_3$ 溶胶。

(3) 将漏斗与 U 形管分别固定，从 U 形管口处加入一定量的 KCl 辅助液，使两液面高达 10cm。

(4) 稍稍打开活塞，$Fe(OH)_3$ 溶胶通过活塞缓慢流入 U 形管，此时要慢慢提高漏斗位置。当 KCl 辅助液上升到距 U 形管口 2～3cm 时，关闭活塞，此时形成清晰的界面 A。小心地将两个水平形状的铂片电极分别插入 U 形管的辅助液中，其深度应相等，然后将电极固定（见图 25-1）。

(5) 接好电路，调节外加电压至 30～40V，待 U 形管两边的溶胶的界面清晰后，记下 U 形管两臂界面 A 的位置，并开始计时。30～40min 后，记下界面移动的距离 d 和时间 t。

(6) 关闭电源，量出两极间的距离。

(7) 实验结束后，将电泳管洗净，用蒸馏水浸泡。

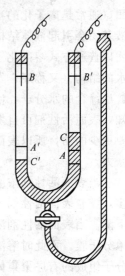

图 25-1　电泳仪示意图

五、数据记录与处理

1. 记录实验数据 d、t、E、L 于表 25-1。

表 25-1　实验数据记录

d/cm	t/s	E/V	L/cm

2. 由电泳方向指出 $Fe(OH)_3$ 溶胶所带的电荷。

3. 代入式(25-1)，计算胶粒的 ζ 电势。

六、思考题

1. 辅助液 KCl 的电导为什么要与待测溶胶的电导相等？

2. 电泳时外加电压为什么不能太大？

七、实验注意事项

1. 漏斗中加入 $Fe(OH)_3$ 溶胶之前，一定要关闭活塞。

2. 两极的位置要相同。

3. 打开活塞，使 $Fe(OH)_3$ 溶胶缓慢进入 U 形管时，要慢慢提高漏斗的位置，以防溶胶进入活塞的速度太快使液面相混，界面不清。

4. 两极间距离并不是水平距离，而是 U 形管导电的距离，只需测量 U 形管中部，加上有刻度部分读数，即为电极间的距离。

5. 实验过程中，由于要用电势梯度计算 ζ 电势，因此电压一定要稳定。

实验二十六　电导法测定离子型表面活性剂的临界胶束浓度

一、实验目的

1. 用电导法测定十二烷基硫酸钠（$C_{12}H_{25}SO_4Na$）的临界胶束浓度（cmc）。

2. 掌握 DDS-11A 型电导率仪的使用方法。

二、实验原理

表面活性剂是既含有亲油的足够长的（10～12 个碳原子）烷基，又含有亲水的极性基团（通常是离子化的）的"两亲"物质，当溶解在溶剂中（如水或有机溶剂）时，其中的憎液基团会引起液体结构的畸变，增加体系的自由熵。例如当表面活性剂溶于水时，其亲水基团以普通方式溶剂化（即水化），而憎水基团通过缔合水分子形成类冰结构而被溶剂化，使水的结构（又称序）发生变化，因而降低了体系的总熵。当表面活性剂分子移动到界面时释放出缔合的水分子，使水重新获得这个熵并降低体系的总自由熵。因此由热力学第二定律可知，表面活性剂可自发地吸附在界面上，相对于溶剂分子来说把表面活性剂分子带到界面需要更少的功，所以表面活性剂的存在降低了增加截面面积所需要的功，即降低了溶液的表面张力。

当表面活性剂浓度极小时，表面活性剂分子在界面上吸附较少，溶液表面张力降低不多，随着表面活性剂浓度的增加，表面活性剂分子在界面上的吸附急剧增加，表面张力急剧下降。当表面活性剂浓度达到一定值时，界面吸附达到饱和状态，形成一层紧密定向排列的单分子膜。而此时溶液中则开始形成具有一定形状的胶束，它是由几十或几百个表面活性剂分子组成的有序聚集体。如果溶剂是水，则形成的聚集体的憎水基向内，亲水基向外，此时形成的聚集体称为正胶束（简称胶束）；如果溶剂是有机溶剂，则形成的聚集体的亲水基向内，憎水基向外，此时形成的聚集体称为反胶束。开始形成胶束时相应的表面活性剂浓度就称为临界胶束浓度（critical micelle concentration，简称 cmc）。

实验表明，当离子型表面活性剂浓度超过临界胶束浓度后，溶液表面张力基本不再随浓度而变化，而溶液的电导率和增溶能力则随浓度增加而明显增加，如图 26-1 所示。因此可以利用离子型表面活性剂的这些特性来测定表面活性剂的临界胶束浓度。本实验采用电导法进行测定。该法确定临界胶束浓度的依据是：随着胶束的生成，电导率会发生明显变化，如图 26-2 所示，两条曲线延长线的交点即为 cmc 值。

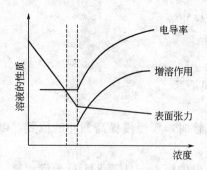

图 26-1　表面活性剂溶液的性质与浓度的关系

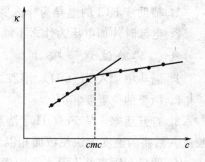

图 26-2　电导率与浓度的关系

三、仪器与试剂

仪器：DDS-11A 型电导率仪 1 台，DJS-1 型铂黑电导电极 1 支，恒温槽 1 台，容量瓶（500mL）11 只，吸量管（10mL）1 支，移液管（25mL），1 支。

试剂：0.020mol·L^{-1} 十二烷基硫酸钠，0.020mol·L^{-1}KCl 标准溶液，电导水。

四、操作步骤

1. 调节恒温槽温度至 25℃ 或其他合适温度。

2. 配制溶液：用 0.020mol·L^{-1} 十二烷基硫酸钠溶液，50mL 容量瓶准确配制 0.002mol·L^{-1}、0.004mol·L^{-1}、0.006mol·L^{-1}、0.007mol·L^{-1}、0.008mol·L^{-1}、0.009mol·L^{-1}、0.010mol·L^{-1}、0.012mol·L^{-1}、0.014mol·L^{-1}、0.016mol·L^{-1}、0.018mol·L^{-1} 的十二烷基硫

酸钠溶液各 50mL。

3. 用 $0.020 mol \cdot L^{-1}$ KCl 标准溶液标定电导池常数。

4. 用 DDS-11A 型电导率仪从稀到浓分别测定上述各溶液的电导率 κ 值。用后一个溶液荡洗前一个溶液的电导池 3 次以上，各溶液测定时必须恒温 10min，每个溶液的电导率读 3 次，取平均值。

实验结束后，关闭电源，取出电极，将电极用蒸馏水淋洗干净后浸入蒸馏水中以备下次使用。

五、数据记录与处理

将所测得的电导率值填入表 26-1 中，作出电导率 κ 值与浓度 c 的关系图，从曲线延长线交点找出 cmc 值。

实验温度_____℃；电导池常数_____

表 26-1　实验数据记录与处理

待测溶液浓度/mol·L⁻¹		0.002	0.004	0.006	0.007	0.008	0.009	0.010	0.012	0.014	0.016	0.018	0.020
电导率 κ/S·m⁻¹	1												
	2												
	3												
κ 平均值/S·m⁻¹													

六、思考题

1. 用电导法测定表面活性剂的临界胶束浓度值受到什么限制？
2. 在稀溶液范围内，离子型表面活性剂的 κ-c 曲线和无机盐的有何不同？为什么？

七、实验注意事项

1. 每次测量前，必须将仪器进行校正。
2. 使用铂黑电极时，不可接触铂黑片，其极片必须完全浸入所测的溶液中。

第三章 物理化学综合设计实验

实验二十七 食品热值的测定

一、实验目的

1. 掌握食品热值的测定方法。
2. 熟悉 WZR-1A 型仪器的操作。

二、实验原理

在用氧弹量热计测定燃烧热时，基准物质（如苯甲酸、蔗糖、萘等）的燃烧热是可以测定的，如果将已知的基准物质和红酒混合后，通过测定混合体系的热值，然后用赫斯定律可计算出红酒的燃烧热。用氧弹法测定食品发热量的一般计算公式如下：

$$\frac{m}{M}Q_V + \Delta m_F Q_F + \Delta V_{NaOH} q_{NaOH} + m'' q = (C_H m_H + W')\Delta T \tag{27-1}$$

式中，ΔT 为样品燃烧前后体系温度的变化值；m 为基准物质（如苯甲酸、蔗糖、萘等）的质量；M 为基准物质的摩尔质量；Q_V 为基准物质样品的等容燃烧热；Δm_F 为燃烧掉的燃烧丝质量；Q_F 为燃烧丝的燃烧热；ΔV_{NaOH}、q_{NaOH} 分别为氧气中含碳、氮、硫等杂质所产生氧化物（在燃烧前可在氧弹中加 1mL 水）所消耗的 $0.1 mol \cdot L^{-1}$ NaOH 的体积与所相当的热效应（1mL $0.1 mol \cdot L^{-1}$ NaOH 溶液相当于 5.983J）；m'' 为添加物（如胶囊、燃烧袋等）的质量；q 为添加物的热值；C_H 为水的比热容；m_H 为水的质量，W' 为仪器的水当量。一般因每次水量相等，可将 $C_H m_H + W'$ 作为一个定值 C 来处理。故：

$$\frac{m}{M}Q_V + \Delta m_F Q_F + \Delta V_{NaOH} q_{NaOH} + m'' q = C\Delta T \tag{27-2}$$

且

$$\Delta T = v_n - v_0 + n v_0 + \frac{v_n - v_0}{t_n - t_0}\left[\sum_{i=1}^{n} t_n + \frac{1}{2}(t_n + t_0) - n t_0\right] \tag{27-3}$$

式中，v_0 是初期内筒的降温速率；v_n 是末期内筒降温速率；n 为主期从点火到终点的时间；t_0 为初期的平均温度；t_n 为末期的平均温度。

三、仪器与试剂

仪器：WZR-1A 型微自动量热计一套，电子天平，氧气钢瓶，万用表。

试剂：苯甲酸（分析纯），医用胶囊，红葡萄酒。

四、操作步骤

1. 将量热计及其全部附件加以整理并洗净。

2. 开启自动量热计，将仪器稳定 30min 后开始实验。

3. 制样：准确称取约 10cm 长的燃烧丝和约 1g 苯甲酸，压片后置于氧弹中。

4. 充氧气：把氧弹的弹头放在弹头架上，将装有样品的燃烧杯放入燃烧杯架上，把燃烧丝的两端分别紧绕在氧弹头中的两根电极上并将部分铁丝接触样品，用万用表测量两电极间的电阻值。把弹头放入弹杯中，用手将其拧紧。再用万用表检查两电极之间的电阻，若变化不大，则充氧。开始先充少量氧气（约 0.5MPa），然后开启出口，赶出弹中空气。然后充入氧气（3.0MPa）。充好氧气后，再用万用表检查两电极间的电阻，在变化不大时，将氧弹放入内筒。

五、数据记录与处理

1. 运行仪器主程序，设置仪器操作参数。

2. 进入实验，选择"进入实验"操作功能，输入样品数据。

3. 选择"开始实验"进行样品测试，待实验结束后，记录实验测试结果。

4. 待实验结束后，取出氧弹，打开氧弹出气口放出余气，最后旋下氧弹盖，检查样品燃烧结果。若留有黑色残渣或油性物质，表示燃烧不完全，实验失败，需重做。

5. 用水冲洗氧弹及燃烧杯，准确称取 1 个燃烧胶囊和测试样品，将样品装入燃烧胶囊中，代替苯甲酸，重复上述实验 3 次，测定混合体系的热值，由式（27-2）计算出红酒的燃烧值。

六、思考题

1. 对于含有硫、氮、碳、卤族等试样，为什么要考虑样品燃烧前后的硫酸、硝酸等热效应值？

2. 测试时为什么要精确测定内筒水的质量？

3. 测定过程中，内筒的水温为什么低于室温 1℃ 左右？

七、实验注意事项

1. 所测样品既无固定形状又容易挥发，因此采用胶囊、燃烧袋、燃烧杯等作为装样容器。

2. 确保样品燃烧完全。

3. 在燃烧皿的顶部留有一针尖大小的孔，以保证燃烧皿在氧弹中内外压力相等。

实验二十八　三组分液-液体系相图的绘制

一、实验目的

1. 测绘苯-水-乙醇三组分体系相图。

2. 部分互溶体系的相图是液-液萃取操作的基础，通过本实验熟悉三角坐标的绘制和使用。

二、实验原理

设以等边三角形的三个顶点分别代表纯组分 A、B 和 C，则 AB 线代表（A+B）的二组分体系，BC 线代表（B+C）二组分体系，AC 线代表（A+C）二组分体系，而三角形内各点相当于三组分体系。将三角形的每一边分为 100 等份，通过三角形内任何一点 O 引平行于各边的直线，根据几何原理，$a+b+c=AB=BC=CA=100\%$ 或 $a'+b'+c'=AB=BC=CA=100\%$，因此 O 点的组成可由 a'、b'、c' 来表示，即 O 点所代表的三个组分的百分组成为：$B\%=b'$、$C\%=c'$、$A\%=a'$。要确定 O 点的 B 组成，只要通过 O 点作出与 B 的对边 AC 的平行线，割 AB 边于 D，AD 线段长即相当于 $B\%$。依此类推。如果已知三角形的任两个百分组成，只要作两条平行线，其交点就是被测体系的组成点（见图 28-1）。

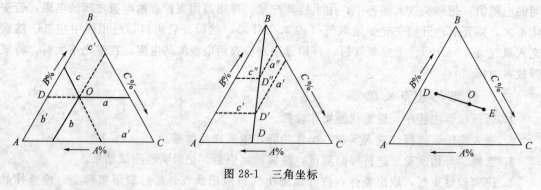

图 28-1 三角坐标

等边三角形的两个特点如下。

(1) 通过任一顶点 B 向其对边引直线 BD，则 BD 线上的各点所代表的组成中，A、C 两个组分含量的比值保持不变。这可由三角形相似原理得到证明，即：$a'/c' = a''/c'' = A\%/C\% = $ 常数。

(2) 如果有两个体系 D 和 E，将其混合之后其成分必位于 D、E 两点之间的连线上，如为 O。根据杠杆规则：$m_E/m_D = DO/EO$。

在苯-水-乙醇三组分体系中，苯和水是不互溶的，而乙醇和苯及乙醇和水都是互溶的，在苯-水体系中加入乙醇则可促使苯和水的互溶。由于乙醇在苯层及水层中非等量分配，因此代表两层浓度的 a、b 点的连线并不一定和底边平行（见图 28-2）。设加入乙醇后体系总组成为 c，平衡共存的两相叫共轭溶液，其组成由通过 c 的连线上的 a、b 两点表示。图中曲线以下区域为两相共存，其余部分为一相。

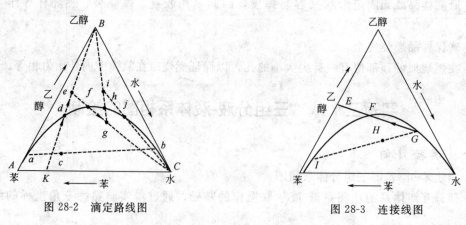

图 28-2　滴定路线图　　　　图 28-3　连接线图

现有一个苯-水的二组分体系，其组成为 K，于其中逐渐加入乙醇，则体系总组成沿 KB 变化（苯-水比例保持不变），在曲线以下区域内则存在互不混溶的两共轭相，将溶液振荡时出现浑浊状态。继续滴加乙醇直到曲线上的 d 点，体系将由两相区进入单相区，液体将由浑浊转为清澈，继续滴加乙醇至 e 点，液体仍为清澈的单相。如果在这一体系中滴加水，则体系总组成将沿 e-C 变化（乙醇-苯比例保持不变），直到曲线上的 f 点，则由单相区进入两相区，液体由清澈变浑浊。继续滴加水至 g 点仍为两相。如果在此体系中加入乙醇，至 h 点则由两相区进入单相区，液体由浊变清。如此反复进行，可获得 d、f、h、j…位于曲线上的点，将它们连接即得单相区与多相区分界的曲线。

设将组成为 E 的苯-乙醇混合液，滴加到组成为 G，质量为 m_G 的水层溶液中（见图

28-3），则体系总组成点将沿直线 GE 向 E 移动，当移至 F 点时，液体由浊变清（由两相变为单相），根据杠杆规则，加入苯-乙醇混合物质量 m_E 与水层 G 的质量 m_G 之比按公式 $m_E/m_G = FG/EF$ 确定。已知 E 点及 FG/EF 的比值后，可通过 E 作曲线的割线，使线段符合 $FG/EF = m_E/m_G$，从而可确定出 G 点的位置。由 G 通过原体系总组成点 H，即得连接线 GI。G 及 I 代表总组成为 H 的体系的两个共轭溶液，G 是它的水层。

三、仪器与试剂

仪器：50mL 酸式滴定管，2mL 移液管，1mL 刻度移液管，250mL 锥形瓶。

试剂：苯（分析纯），无水乙醇（分析纯），蒸馏水。

四、操作步骤

1. 用移液管移取 2.0mL 苯放入干燥的 250mL 锥形瓶中，另用刻度移液管加 0.1mL 水。然后用滴定管滴加乙醇，至溶液恰由浊变清时，记下所加乙醇的体积（mL）。于此液中再加 0.5mL 乙醇，滴加水至溶液刚由清返浊，记下所用水的体积（mL）。按照记录表中所规定数字继续加入水，然后又用乙醇滴定，如此反复进行实验。滴定时必须充分振荡。

2. 在干燥的分液漏斗中加入 3mL 苯、3mL 水及 2mL 乙醇，充分摇动后静置分层，放出下层（即水层）1mL 于已称量的 50mL 干锥形瓶中，称其质量，然后逐渐加入 50％苯-乙醇混合物，不断摇动，至由浊变清，再称其质量。

五、数据记录与处理

1. 将终点时溶液中各成分的体积，根据其密度换算成质量，求出各终点质量分数组成，将所求得的数据绘于三角坐标纸上，再将各点连成平滑曲线，并用虚线将曲线外延到三角形两个顶点（因水与苯在室温下可以看成是完全不互溶的）。

2. 在三角坐标上定出 50％苯-乙醇混合物组成点 E，过 E 作曲线的割线 EG，割曲线于 F，使 $m_E/m_G = FG/EF$。求得 G 点后，与体系原始总组成点 H 连接，延长并与曲线交于 I 点，IG 即为所求连接线。

六、思考题

1. 用水或乙醇滴定至清浊变化以后，为什么还要加入过剩量？过剩量的多少对结果有什么影响？

2. 连接线交于曲线上的两点代表什么？

3. 使用的锥形瓶为什么要先干燥？

4. 从测定的精密度来看，体系的质量分数能用几位有效数字表示？

5. 当体系总组成点在曲线内与曲线外时，相数有什么变化？

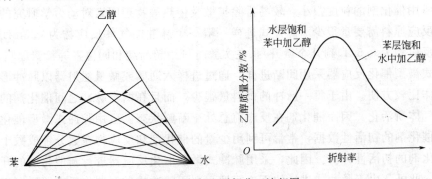

图 28-4　滴定法测部分互溶相图

6. 用相律说明，当温度、压强恒定时，单相区的自由度是多少？

七、实验注意事项

互溶曲线的测定要采用滴定法。即先配好一系列完全互溶的二元液，再用第三组分滴至由清变浊，这样就较易观察转变点。连接线的测定要采用分析法。当各组分的折射率有较大差别时也可用折光仪分析，这时需先测得两饱和相中含不同量第三组分时的折射率数据（见图 28-4）。共轭饱和溶液的组成也可采用化学分析法，特别是色谱法进行分析。

实验二十九　酸化膨润土的制备及催化活性评价

一、实验目的

1. 了解酸化膨润土催化剂的制备方法。
2. 了解脉冲式微型催化反应器的装置特点。
3. 通过异丙醇脱水反应催化活性的测定，掌握用脉冲式微型催化反应器评价固体颗粒催化活性的一般方法。

二、实验原理

膨润土是一种天然矿物，具有二维平面层状结构，它的基本结构单元是由一片铝氧八面体夹在两片硅氧四面体之间，其每个晶胞由 2 个硅氧四面体和 1 个铝氧八面体构成，靠共用氧原子形成的层状结构，这种四面体和八面体的紧密堆积结构使其具有高度有序的晶格排列，每层的厚度为 0.96nm，具有很高的刚性，层间不易滑移。由于四面体中心的 4 价阳离子和八面体中心的 3 价阳离子易被低价的阳离子取代（如半径很小的 H^+ 部分置换），表面带负电，因而层间具有良好的离子交换性能和吸附性能，易将一些带正电的阳离子和极性分子（如 H_2O 等）吸附在层间。膨润土是以蒙脱石为主的天然层状铝硅酸盐，与无机酸反应后，酸强度及酸量大幅度提高，成为一种酸催化剂。

脉冲催化技术是研究催化剂反应动力学特性的微量技术之一。它将色谱技术应用于催化反应研究，不但使催化反应器的微型化成为可能，而且利用色谱法分离效率高、检出灵敏度高及分析速度快等特点，使催化反应的研究进入了一个新阶段，为新型催化剂的开发和催化机理的探索提供了有效的手段。

脉冲催化技术具有以下特点。

(1) 微型催化反应器所用催化剂和反应物的数量很少，因此有利于消除催化剂床层内温度和浓度分布的不均匀性。

(2) 所用催化剂的粒度很小，较易排除扩散及传热等物理因素对动力学研究的干扰。

(3) 反应原料需要量很少（脉冲式进样一般一个脉冲的气体反应物为 0.5mL 到几个毫升，液体反应物为 $0.5\mu L$ 到几个微升），在实验时可用超高纯和同位素等稀贵原料。

脉冲式微型催化反应器采用间断进样，通过进样六通阀或微量注射器以脉冲形式供给反应物，操作比较方便。由于每一脉冲的供料量很少，而且在两个脉冲之间催化剂的表面被不断流过的气体所活化，因而催化剂在反应前总处于新鲜状态。应用脉冲式微型催化反应器很容易获得催化剂的初活性数据，常常可利用少量的催化剂和反应物在数分钟或数十分钟内完成一次催化剂的初活性评价。因此，采用脉冲式微型催化反应器进行新催化剂的开发和筛选较为方便。此外，由于脉冲式进样的不连续性，利用脉冲式微型催化反应器可以逐个分析脉冲在催化剂上的反应情况，研究催化剂在反应过程中所发生的变化以及毒物对催化剂性能的影响，并由此推断催化剂活性中心的性质、数量和强度，为研究催化剂的吸附特性及催化反应机理提供有力的依据。当然，由于脉冲式微型催化反应器所用催化剂的粒度及进料方式与工业生产时有所不同，有时会得出与其他催化反应器不完全一致的结果，所以在使用脉冲式微型催化反应器所获得的数据时必须注意具体分析。

脉冲式微型催化反应装置主要由两部分组成。一部分为微型催化反应器，它包括能控温的微型催化反应器和样品汽化器。反应器的温度可通过管式电炉和控温仪进行调节。反应物通过微量注射器脉冲注入汽化器，进入反应器内的催化剂层进行催化反应。另一部分是尾气分离分析器，采用单气路气相色谱仪即可。

本实验先自制酸化膨润土催化剂，再用脉冲式微型催化反应器测定酸化膨润土催化剂对异丙醇脱水反应的催化活性。

异丙醇脱水反应可表示为：

$$(CH_3)_2CHOH \longrightarrow CH_3—CH=CH_2+H_2O$$

异丙醇脉冲进入催化反应器，在催化剂作用下进行脱水反应，产物流经色谱柱分离，并由热导检测器记录各物质的色谱峰，比较外标物异丙醇的峰面积与反应剩余的异丙醇峰面积，就可以求出异丙醇脱水反应的转化率，以转化率的高低来判断催化剂的活性大小。

三、仪器与试剂

仪器：脉冲式微型催化反应器装置如图 29-1 所示。

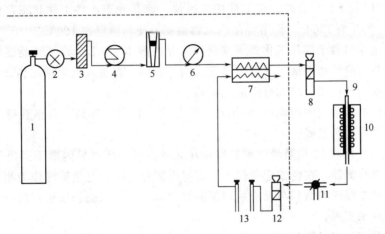

图 29-1　脉冲式微型催化反应器装置

1—载气钢瓶；2—减压阀；3—干燥管；4—稳压阀；5—转子流量计；

6—压力表；7—热导检测器；8—汽化器；9—反应器；10—管状电炉；

11—三通阀；12—汽化器；13—色谱柱

（虚线部分为常用气相色谱仪的组成部件）

脉冲式微型催化反应器应包括下列仪器设备　氢气钢瓶及减压阀各一个，气相色谱仪（100 型或 102-G 型）1 台，样品汽化器 1 个，反应器 1 支，可控硅控温仪（WZK 型）1 台，管状电炉（或金属块炉）1 台，数字直读式温度电势计（PY8-2 型）1 台，热电偶（镍铬-镍硅）1 副，三通阀 1 个，微量注入器（0~1μL）1 支。

对于整套脉冲式微型催化反应器装置，除了样品汽化器 8、反应器 9、管状电炉 10 和三通阀 11 以外，其余部分都是常用气相色谱仪的组成部件，因此脉冲式微型催化反应器可用气相色谱仪改装，样品汽化器 8 与气相色谱仪中的汽化器构造一样。反应器 9 为内径 4mm、长 200mm 的硬质管（或不锈钢管），反应器的拆装要方便，以便能迅速有效地更换催化剂品种。管内装入 40～60 目的催化剂 0.1～0.5g（催化剂装载要平整均匀），并置于管状电炉内加热，用热电偶测量反应区域的温度并用控温仪控温。

试剂：催化剂（40～60 目），氢气（作载气用），401 有机载体（填充色谱柱用），异丙醇（分析纯）。

四、操作步骤

1. 酸化膨润土的制备

取膨润土原矿粉 20g，加水 200mL 制成悬浮液，搅拌 30min，静置 40min 后弃去下层沙石，再加入 10mL 浓硫酸，回流 2h。冷却后漂洗至 pH＝5，过滤、烘干、碾磨过筛（40～60 目），即得酸化膨润土。

2. 酸化膨润土催化剂对异丙醇脱水反应的催化活性评价

（1）按气相色谱分析的要求在色谱柱中装入 401 有机载体（柱长 2m）。

（2）在反应器中装入一定量的催化剂后将各部分按图次序装接，要求管道尽量紧凑，装置严密不漏气。

（3）先将三通阀放在放空位置，开启氢气钢瓶，控制氢气流量 40～100mL·min^{-1}，接通电炉，升温到 450℃，加热处理催化剂 1h。

（4）将三通阀转向色谱分析位置，重新调节氢气流量为 40mL·min^{-1}，降低电炉温度，并使其恒定于（300±1）℃。同时调节气相色谱仪，使其处于正常工作状态，色谱柱柱温为 115℃，热导检测器为 120℃。调节样品汽化器温度，使其恒定在 120℃。

（5）用微量注射器于样品汽化器 8 准确注入异丙醇 1～5μL。异丙醇经催化剂层进行脱水反应，载气将反应产物丙烯、水以及未反应的异丙醇一起带入色谱柱和热导检测器。色谱记录仪上将依次出现丙烯、水和异丙醇色谱峰。

（6）以相同的脉冲间隔时间（如 5min）重复注入异丙醇样品，直至获得在此温度下异丙醇脱水反应的稳定色谱峰。

（7）由样品汽化器 12 用微量注射器准确注入异丙醇。此时异丙醇不经反应器而直接进入色谱柱和热导检测器，在色谱记录仪上出现异丙醇色谱峰，此色谱峰作为测定催化反应结果的外标。要求外标峰的面积与反应后残留的异丙醇的色谱峰面积接近。这一点可通过控制注入异丙醇的量来实现。

（8）分别升高反应温度到 320℃和 350℃，待温度恒定后重复（5）、（6）、（7）操作，可测得不同反应温度下催化剂的初活性。

五、数据记录与处理

1. 测定在不同反应温度下未反应的异丙醇和相应的外标异丙醇的色谱峰峰面积。

2. 计算异丙醇脱水反应的转化率。

$$Y = \frac{V_0 - V}{V_0} \times 100\% \qquad V = \frac{S}{S'/V'}$$

式中，Y 为转化率；V_0 为反应前注入的异丙醇（一个脉冲）；S 为反应后残留的异丙醇色谱峰峰面积；S' 为外标异丙醇的色谱峰峰面积；V' 为外标异丙醇的体积。

六、思考题

1. 为何要在催化剂活性评价之前对催化剂进行预处理？

2. 脉冲式微型催化反应器有什么特点？

3. 怎样用外标法对反应尾气定量？要注意什么问题？

七、实验注意事项

1. 催化剂要按规定粉碎和筛分至一定的粒度，将催化剂装入反应器时，要保证催化剂床层平整均匀。反应器的控温要恒定，要严格进行催化剂的预处理工作。

2. 在测定过程中，要求气流控制平稳，色谱仪操作稳定。

3. 注意微量注射器的熟练操作，保持每次进样量一致，在某一温度和流量下转化率的测定应连续测定几次，以便取得稳定的实验结果。

实验三十　纳米材料的制备及表征

一、实验目的

1. 学习和掌握纳米材料的基本制备方法。

2. 了解纳米材料的性质及其影响因素。

3. 掌握纳米材料的基本表征方法。

二、基本原理

纳米材料的研究是目前高新技术的重要研究领域，它在电学、光学、磁学、力学及生物学等方面表现出许多优良性能。纳米材料是指颗粒尺寸在 $1\sim100nm$ 之间的新型超细材料，其尺寸大于原子簇而小于通常的微粒，处在原子簇和宏观物体交界的过渡区域。当材料的尺寸小至纳米数量级时，与普通体相材料相比就显示出体积（小尺寸）效应、表面效应、宏观量子隧道效应等许多宏观材料所不具有的特殊性质，使其在光吸收、敏感、催化及其他功能特性方面展示出引人注目的应用前景。

纳米材料现有的合成方法可分为气相法、固相法、液相法和纳米结构合成法等。气相法制备的纳米粉体纯度高、粒度小、单分散性好，但其制备设备复杂、能耗大、成本较高。相比之下液相法包括溶胶-凝胶（sol-gel）法、水热（hydrothermal synthesis）法和共沉淀（co-precipitation）法等，具有合成温度低、设备简单、易操作等优点，是目前实验室和工业上广泛采用的制备方法。其中溶胶-凝胶法得到广泛应用，是用金属有机物（如醇盐）或金属无机盐为原料，通过溶液中的还原析出或水解、聚合等化学反应，经溶胶→凝胶→干燥→热处理等过程制备纳米材料的方法，此法操作方便，处理时间短，无需极端条件和复杂设备，而且适用性强，不但可以制备微粉，还可用于制备纤维、薄膜、多孔载体和复合材料，是目前获得合成纳米材料的可行性方法。

溶液中的过程包括金属有机物的水解及聚合反应：

水解　　　　$M(OR)_n + xH_2O \longrightarrow M(OH)_x(OR)_{n-x} + xROH$

失水聚合　　　　　　$HO-M \longrightarrow -M-O$

失醇聚合　　　　　　$-M-HO \longrightarrow -M-O$

溶胶-凝胶法制备纳米 TiO_2 超微粒子可以钛醇盐 $Ti(OR)_4$（$R = -C_2H_5, -C_3H_7, -C_4H_9$），如钛酸丁酯或无机盐为原料，利用其水解，溶质聚合凝胶化，再将凝胶干燥、焙烧而得。主要步骤如下：

（1）钛醇盐溶于溶剂中形成均相溶液，以保证钛醇盐的水解反应在分子水平上均匀地进行，由于钛醇盐在水中的溶解度不大，一般选用醇（乙醇、丙醇、丁醇）作为溶剂。

（2）钛醇盐与水发生水解反应，同时发生失水和失醇缩聚反应，生成物聚集成粒子并形成溶胶；

（3）经陈化溶液形成三维网络而形成凝胶，干燥凝胶以除去残余水分、有机基团和有机溶剂，得到干凝胶；

（4）干凝胶研磨后煅烧，除去化学吸附的羟基和烷基基团以及物理吸附的有机溶剂和水，得到纳米 TiO_2 粉体。

钛醇盐的水解活性很高，所以需要抑制剂来减缓其水解速度，一般常用的抑制剂有盐酸、氨水、硝酸等。溶胶-凝胶法以钛醇盐为原料，避免了以无机盐为原料的阴离子污染问题，而且钛醇盐易于通过蒸馏提纯，所以制得的纳米 TiO_2 粉体纯度高，能适用于如电子陶瓷等对粉料纯度要求高的应用领域。制备过程中可用以下方法控制超微粒子尺寸大小。

（1）扩散控制，通过选择合适的反应物浓度、水解反应的 pH 值及水解温度等控制颗粒的成核速度和晶粒的生长速度。

（2）表面修饰，通过调节 Ti^{4+} 与表面修饰剂浓度之比，控制表面修饰剂分子与 OH^- 同 Ti^{4+} 之间的竞争反应速率，使 Ti^{4+} 水解速度下降。

（3）加入热稳定剂，改善溶胶的分散性以利于成核速度的降低。

纳米粒子的测试和表征目前常用的方法有：①透射电镜（TEM）观察粒子的形貌、大小。②热重（TG）、差热分析（DTA）测试表征颗粒表面吸附、脱附机理及晶形转变温度等。③X 射线衍射仪（XRD）测试晶型及大小（见图 30-1）。④红外光谱（IR）测试粒子的中间体结构。⑤产品分析纯度。⑥BET 方法测定粒子的比表面积及粒度分析等。

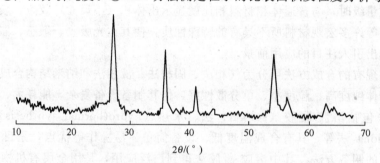

$2\theta/(°)$

图 30-1　二氧化钛（TiO_2）的 X 射线衍射（XRD）图

三、仪器与药品

仪器：三口瓶，旋转蒸发仪，马弗炉，强力电动搅拌器，透射电镜，比表面积分析仪，粒度分析仪，X 射线衍射仪。

试剂：盐酸，二次蒸馏水，聚乙烯醇（PVA），钛酸四丁酯（TBT）（分析纯），十六烷基三甲基溴化铵（CTAB），无水乙醇，氨水。

四、操作步骤

1. 纳米 TiO_2 超微粒子的制备

将 50mL 无水乙醇与同体积的钛酸四丁酯（TBT）放入三口瓶中混匀，在剧烈搅拌下将 50mL 二次蒸馏水（已加有阻聚剂和稳定剂 PVA、CTAB）滴入上述 TBT 乙醇溶液中，在冰浴中水解 2h，然后用 10% 的氨水调节至 pH 值为 9.0，在减压下低温旋转蒸发至大部分凝胶析出，过滤，洗涤，将湿凝胶在 105℃下烘干 3h。冷却，加水细研后再过滤，然后分别在

300℃、400℃、500℃、600℃下煅烧 1h，研细成微粉即可。

2. 纳米材料性质的表征

（1）X 射线粉末衍射。取适量 TiO_2 放入样品池，选定 X 射线衍射仪的工作参数后进行衍射角扫描，记录衍射峰，同时在相同条件下做标准锐钛矿型和金红石型样品，进行谱图对照。依据 X 射线衍射数据计算 d 值。

（2）透射电镜。取适量 TiO_2 样品分散于乙醇溶液中进行超声振荡处理，再将样品分散液置于直径 2mm 的铜网上，然后放入样品池中在 100kV 电压下扫描拍摄电镜照片。

（3）分别取适量 TiO_2 放入粒度分析仪和比表面积分析仪中，测定其粒度分布及比表面积。

五、数据记录与处理

1. 依据 X 射线衍射数据计算 d 值，确定其晶型。

2. 依透射电镜图像计算 TiO_2 粒子大小。

3. 根据测定的比表面积，计算样品的平均等效粒径。

六、思考题

1. 制备纳米粒子时如何防止 TiO_2 粒子的团聚？

2. 不同煅烧温度对 TiO_2 粒子有什么影响？

七、实验注意事项

1. 纳米材料制备影响因素多，设计实验条件时可各组间合作完成。

2. 水解反应时应控制在剧烈搅拌下进行。

实验三十一　镍在硫酸溶液中的钝化行为

一、实验目的

1. 测定镍在硫酸溶液中的恒电势阳极极化曲线及其钝化电势和钝化电流。

2. 了解金属钝化行为的原理和测量方法。

二、实验原理

1. 金属的阳极过程

金属的阳极过程是指金属作为阳极发生电化学溶解的过程，如下所示：

$$M \longrightarrow M^{n+} + ne^-$$

在金属的阳极溶解过程中，其电极电势必须高于其热化学电势，电极过程才能发生，这种电极电势偏离其热化学电势的现象称为极化。当阳极极化不大时，阳极过程的速率随着电势变正而逐渐增大，这是金属的正常溶解。但当电极电势正到某一数值时，其溶解速率达到最大后，阳极溶解速率随着电势变正，反而大幅度地降低，这种现象称为金属的钝化现象。

研究金属的阳极溶液及钝化通常采用两种方法：控制电势法（恒电势法）和控制电流法（恒电流法）。由于控制电势法能得到完整的阳极极化曲线，因此在金属钝化现象的研究中，比控制电流法更能反映电极的实际过程，对于大多数金属来说，用控制电势法测得的阳极极化曲线，大都具有图 31-1 的形式。

若用恒电流法将阳极极化，往往得到图 31-2 的形式。在此极化曲线上当电流密度不大时，金属的阳极溶解过程是"正常的"，即阳极溶解速度随着电极电势变正而增大（AB

段），然而，当阳极电流密度超过某一临界值时，就会出现电极电势突然变正（BC 段）。在大多数情况下，该电势突跃的幅度为 1～2V，但有时也可以达到几十伏。发生电势突跃后，极化电流主要消耗在实现某些新的电极过程，如氧的析出、高价反应物的生成等，而金属的正常溶解速率则大幅度减慢了。

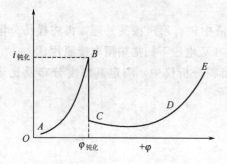

图 31-1 恒电势法测定的金属阳极极化曲线

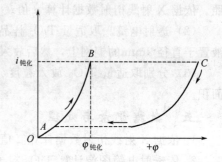

图 31-2 恒电流法测定的金属阳极极化曲线

从恒电势法测得的极化曲线可以看出，它有一个"负坡度"区域的特点。具有这种特点的极化曲线是无法用控制电流的方法来测定的。因为同一个电流 I 可能相应于几个不同的电极电势的跳跃甚至振荡。

用控制电势法测得的阳极极化曲线可分为四个区域。

（1）AB 段为活性溶解区，此时金属进行正常的阳极溶解，阳极电流随着电势的正移而不断增大。

（2）BC 段为过渡钝化区（负坡度区）。随着电极电势变正达到 B 点之后，此时金属开始发生钝化，随着电势的正移，金属溶解速率不断降低，并过渡到钝化状态。对应于 B 点的电势称为临界钝化电势 $\varphi_{钝化}$，对应的电流密度叫临界钝化电流密度 $i_{钝化}$。

（3）CD 段为稳定钝化区，在此区域内金属的溶解速率降低到最小数值，并且基本上不随着电势的变化而改变，此时的电流密度称为钝态金属的稳定溶解电流密度。

（4）DE 段为超钝化区。此时阳极电流又重新随电势的正移而增大，电流增大的原因可能是高价金属离子的产生，也可能是 O_2 析出，还可能是两者同时出现。

2. 影响金属钝化过程的几个因素

金属钝化现象是十分常见的，人们已对它进行了大量的研究工作，影响金属钝化过程及钝态性质的因素可归纳为以下几点。

（1）溶液的组成。溶液中存在的 H^+、卤素离子以及某些具有氧化性的阴离子对金属的钝化现象有着颇为显著的影响。在中性溶液中，金属一般是比较容易钝化的，而在酸性溶液或某些碱性溶液中要困难得多。这是与阳极反应产物的溶解度有关的。卤素离子，特别是 Cl^- 的存在则明显地阻止金属的钝化过程，已经钝化了的金属也容易被它破坏（活化），而使金属的阳极溶解速率重新增加。溶液中存在某些具有氧化性的阴离子（如 CrO_4^{2-}）则可以促进金属的钝化。

（2）金属的化学组成和结构。各种钝化金属的钝化能力很不相同，以铁、镍、铬三种金属为例，铬最容易钝化，镍次之，铁较差些。因此添加铬、镍可以提高钢铁的钝化能力，不锈钢材是一个极好的例子。一般来说，在合金中添加易钝化的金属时可以大大提高合金的钝化能力及钝态的稳定性。

（3）外界因素（如温度、搅拌等）。一般来说，温度升高以及搅拌加剧可以推迟或防止钝化过程的发生，这显然与离子的扩散有关。

3. 恒电势阳极极化曲线的测定原理和方法

控制电势法测量极化曲线时，一般采用恒电位仪，它能将研究电极的电势恒定地维持在所需值，然后测量对应于该电势下的电流。由于电极表面状态在未建立稳定状态之前，电流会随时间而改变。故一般测出的曲线为"暂态"极化曲线。在实际测量中，常采用的控制电势测量方法有下列两种。

（1）静态法　将电极电势较长时间地维持在某一恒定值，同时测量电流随时间的变化，直到电流值基本上达到某一稳定值。如此逐点地测量各个电极电势（如每隔 20mV、50mV 或 100mV）下的稳定电流值，以获得完整的极化曲线。

（2）动态法　控制电极电势以较慢的速度连续地改变（扫描），并测量对应电势下的瞬时电流值，并以瞬时电流与对应的电极电势作图，获得整个极化曲线。所采用的扫描速度（即电势变化的速率）需要根据研究体系的性质选定。一般来说，电极表面建立稳态的速度越慢，则扫描速度也应越慢，这样才能使所得的极化曲线与静态法接近。

上述两种方法都已获得了广泛的应用。从测定结果的比较可以看出，静态法测量结果虽较接近稳态值，但测量时间太长。本实验采用动态法。

三、仪器与试剂

仪器：MEC-12B 型搅拌器，MEC-12B 型多功能电化学分析仪，计算机，金相砂纸，研究电极（Ni 电极），电解池，参比电极（饱和甘汞电极）。

试剂：硫酸（分析纯），丙酮（分析纯），氯化钾（分析纯）。

四、操作步骤

1. 洗静电解池，注入电解质溶液（$0.5mol \cdot L^{-1}$ H_2SO_4），鲁金毛细管中注入 $0.5mol \cdot L^{-1}$ KCl 溶液。

2. 将研究电极（Ni 电极）用金相砂纸磨至镜面光亮，然后在丙酮中清洗除油，用硫酸溶液洗 1～2min，除去氧化膜，按图 31-3 将它和辅助电极、参比电极装进电解池内，通氮气 10min，除氧气。

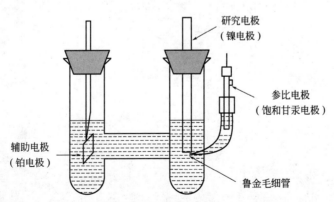

图 31-3　恒电位极化曲线测量装置示意图

注意：鲁金毛细管尖端应该与研究电极表面接近。

3. 电化学工作站上的研究电极引线、辅助电极引线和参比电极引线分别接在研究电极、辅助电极和参比电极上，公共端引线也接在研究电极上。

4. 启动电化学工作站，根据电化学工作站型号运行相应软件。

5. 设置参数，分析方法选择为线性扫描伏安法，录入参数。

6. 进行极化曲线的测定。

7. 测定完毕后，将测量数据记录下来。

8. 比较 Cl^- 浓度对 Ni 电极钝化作用的影响：将研究电极按上述方法重新处理，KCl 溶液换成 $5.0 \times 10^{-3} mol \cdot L^{-1}$ 后，重复上述步骤。

五、数据记录与处理

1. 求出 Ni 电极在不同溶液中的 $\varphi_{钝化}$ 和 $i_{钝化}$ 值。

2. 将 Ni 在以上两种溶液中的阳极极化曲线图叠加。

六、思考题

1. 在电化学测定中，为什么要使鲁金毛细管尖端与研究电极表面接近？

2. 通过阳极极化曲线的测定，对极化过程和极化曲线的应用有什么进一步的理解？如要对某些系统进行阳极保护，首先必须明确哪些参数？

3. 在进行阳极极化曲线的测定中，通常都使用三电极电解池，请问三电极分别是哪几种电极？为什么要用三电极？两电极是否可以？

七、实验注意事项

金属之所以由活化状态转变为钝化状态，目前对此问题有着不同的看法。

1. 持氧化膜理论者认为，在钝化状态下，溶解速度的剧烈下降，是由于在金属表面上形成了具有保护性的致密的氧化界面膜的缘故。

2. 持吸附理论者认为，这是由于表面吸附了氧，形成氧吸附层或含氧化物吸附层，因而抑制了腐蚀的进行。

3. 持连续模型理论者认为，开始是氧的吸附，然后金属从基底迁移至氧吸附膜中，缓缓发展为无定形的金属-氧基结构。

附 录

附表 1　物理化学实验常用数据

(1)　国际单位制的基本单位

量 的 名 称	单 位 名 称	单 位 符 号
长度	米	m
质量	千克(公斤)	kg
时间	秒	s
电流	安[培]	A
热力学温度	开[尔文]	K
物质的量	摩[尔]	mol
发光强度	坎[德拉]	cd

(2)　国际单位制的导出单位

量 的 名 称	单位名称	单位符号	SI 单位
频率	赫[兹]	Hz	s^{-1}
力、重力	牛[顿]	N	$m \cdot kg \cdot s^{-2}$
压力、应力	帕[斯卡]	Pa	$m^{-1} \cdot kg \cdot s^{-2}$
能[量]、功、热量	焦[耳]	J	$m^2 \cdot kg \cdot s^{-2}$
功率、辐射通量	瓦[特]	W	$m^2 \cdot kg \cdot s^{-3}$
电荷[量]	库[仑]	C	$A \cdot s$
电压、电动势、电位(电势)	伏[特]	V	$m^2 \cdot kg \cdot s^{-3} \cdot A^{-1}$
电容	法[拉]	F	$m^{-2} \cdot kg^{-1} \cdot s^4 \cdot A^2$
电阻	欧[姆]	Ω	$m^2 \cdot kg \cdot s^{-3} \cdot A^{-2}$
电导	西[门子]	S	$m^{-2} \cdot kg^{-1} \cdot s^3 \cdot A^2$
磁通量	韦[伯]	Wb	$m^2 \cdot kg \cdot s^{-2} \cdot A^{-1}$
磁通量密度、磁感应强度	特[斯拉]	T	$kg \cdot s^{-2} \cdot A^{-1}$
电感	亨[利]	H	$m^2 \cdot kg \cdot s^{-2} \cdot A^{-2}$
光通量	流[明]	lm	$cd \cdot sr$
[光]照度	勒[克斯]	lx	$m^{-2} \cdot cd \cdot sr$

(3)　一些物理化学常数

常　　数	符　　号	数　　值	单　　位
真空中的光速	c_0	2.997924×10^8	$m \cdot s^{-1}$
真空磁导率	$\mu_0 = 4\pi \times 10^{-7}$	12.56637×10^{-7}	$H \cdot m^{-1}$
真空电容率	$\varepsilon_0 = (\mu_0 c^2)^{-1}$	8.854187×10^{-12}	$F \cdot m^{-1}$
基本电荷	e	1.602177×10^{-19}	C
精细结构常数	$\alpha = (\mu_0 c e^2)/2h$	7.297353×10^{-3}	
普朗克常数	h	6.626075×10^{-34}	$J \cdot s$
阿伏加德罗常数	L	6.022136×10^{23}	mol^{-1}
电子的静止质量	m_e	9.109389×10^{-31}	kg
质子的静止质量	m_p	1.672623×10^{-27}	kg
中子的静止质量	m_n	1.674928×10^{-27}	kg
法拉第常数	F	9.648530×10^4	$C \cdot mol^{-1}$
里德堡常数	R_∞	1.097373×10^7	m^{-1}
玻耳半径	$\alpha_0 = \alpha/4\pi R_\infty$	5.291772×10^{-11}	m
玻耳磁子	$\mu_B = eh/2m_e$	9.274015×10^{-24}	$J \cdot T^{-1}$
核磁子	$\mu_N = eh/2m_p c$	5.050786×10^{-27}	$J \cdot T^{-1}$
摩尔气体常数	R	8.314510	$J \cdot K^{-1} \cdot mol^{-1}$
玻耳兹曼常数	$k = R/L$	1.380658×10^{-23}	$J \cdot K^{-1}$

温度/℃	蒸气压/kPa	密度/kg·m^{-3}	黏度/mPa·s	$10^3\sigma$/N·m^{-1}	折射率
0	0.6105	999.84	1.7872	75.64	1.3339
5	0.8723	999.96	1.5190	74.92	1.3338
10	1.2278	999.70	1.3073	74.23	1.3337
11	1.3124	999.60	1.2711	74.07	1.3337
12	1.4023	999.50	1.2350	73.93	1.3336
13	1.4973	999.38	1.2021	73.78	1.3335
14	1.5981	999.24	1.1690	73.64	1.3335
15	1.7049	999.10	1.1394	73.49	1.3334
16	1.8177	998.94	1.1091	73.34	1.3333
17	1.9372	998.77	1.0810	73.19	1.3332
18	2.0634	998.60	1.0532	73.05	1.3332
19	2.1967	998.41	1.0272	72.90	1.3331
20	2.3378	998.20	1.0019	72.75	1.3330
21	2.4865	997.99	0.9779	72.59	1.3329
22	2.6434	997.77	0.9548	72.44	1.3328
23	2.8088	997.54	0.9325	72.28	1.3327
24	2.9833	997.30	0.9111	72.13	1.3326
25	3.1672	997.04	0.8904	71.97	1.3325
26	3.3609	996.78	0.8705	71.82	1.3324
27	3.5649	996.51	0.8513	71.66	1.3323
28	3.7795	996.23	0.8327	71.50	1.3322
29	4.0054	995.94	0.8148	71.35	1.3321
30	4.2478	995.64	0.7975	71.20	1.3320
35	5.6229	994.03	0.7194	70.38	1.3312
40	7.3759	992.21	0.6529	69.60	1.3305
45	9.5832	990.21	0.5960	68.74	1.3297
50	12.333	988.03	0.5468	67.94	1.3289

附表 3　　一些液体在 25℃ 时的蒸气压及其计算

表中所列各化合物的蒸气压可用下列方程计算

$$\lg p = A - \frac{B}{C+t}$$

式中，A、B、C 为常数；p 为化合物的蒸气压，mmHg；t 为摄氏温度，℃。

化合物	25℃时蒸气压/mmHg	温度范围/℃	A	B	C
丙酮	230.05		7.02447	1161.0	200.224
苯	95.18		6.90565	1211.033	220.790
溴	226.32		6.83298	1133.0	228.0
甲醇	126.40	−20～+140	7.87863	1473.11	230.0
甲苯	28.45		6.95464	1344.800	219.482
醋酸	15.59	0～36	7.80307	1651.2	225
		36～170	7.18807	1416.7	221
氯仿	227.72	−30～+150	6.90328	1163.03	227.4
四氯化碳	115.25		6.93390	1242.43	230.0
乙酸乙酯	94.29	−20～+150	7.90808	1238.71	217.0
乙醇	56.31		8.04494	1554.3	222.65
乙醚	534.31		6.78574	994.195	220.0
乙酸甲酯	213.43		7.20211	1232.83	228.0
环己烷		−20～+142	6.84498	1203.526	222.86

附表 4　不同温度下乙醇和苯的密度

温度/℃	乙醇/$(kg \cdot m^{-3}) \times 10$	苯/$(kg \cdot m^{-3}) \times 10$	温度/℃	乙醇/$(kg \cdot m^{-3}) \times 10$	苯/$(kg \cdot m^{-3}) \times 10$
0	0.806		21	0.789	0.879
5	0.802		22	0.788	0.878
10	0.798	0.887	23	0.787	0.877
11	0.797		24	0.786	0.876
12	0.796		25	0.785	0.875
13	0.795		26	0.784	
14	0.795		27	0.784	
15	0.794	0.883	28	0.783	
16	0.793	0.882	29	0.782	
17	0.792	0.882	30	0.781	0.869
18	0.791	0.881	40	0.772	
19	0.790	0.881	50	0.763	
20	0.789	0.879	90	0.754	

附表 5　20℃某些液体的表面张力

物质名称	温度/℃	表面张力$\times 10^3$/$N \cdot m^{-1}$	温度/℃	表面张力$\times 10^3$/$N \cdot m^{-1}$
醋酸	20	27.80	50	24.80
丙酮	20	23.70	40	21.16
苯	20	28.88	30	27.56
四氯化碳	20	26.95	25	26.43
氯仿	20	27.14	25	26.67
乙醇	20	22.39	30	21.55
乙醚	20	17.01	50	13.47
甲醇	20	22.50	50	20.14
乙二醇	20	47.70		
丙三醇	20	63.40		

附表 6　不同温度下甘汞电极的电极电位

KCl浓度/$mol \cdot L^{-1}$ \ E/V \ 温度/℃	0	10	20	30	40	50
饱和	0.2602	0.2541	0.2477	0.2411	0.2343	0.2272
1.0	0.2854	0.2839	0.2815	0.2786	0.2753	0.2716
0.1	0.3338	0.3343	0.3340	0.3332	0.3316	0.3296

附表 7　乙醇水溶液的表面张力

w(乙醇)/%	$\sigma \times 10^3 /\text{N·m}^{-1}$ [1]	w(乙醇)/%	$\sigma \times 10^3 /\text{N·m}^{-1}$ [2]
0.00	72.20	0.000	71.23
2.72	60.79	0.972	66.08
5.21	54.87	2.143	61.56
11.10	46.03	4.994	54.15
20.50	37.53	10.385	45.88
30.47	32.25	17.979	38.54
40.00	29.63	25.000	34.08
50.22	27.89	29.980	31.89
59.58	26.71	34.890	30.32
68.94	25.71	50.000	27.45
77.98	24.73	60.040	26.24
87.92	23.64	71.850	25.05
92.10	23.18	75.060	24.68
97.00	22.49	84.570	23.61
100.00	22.03	95.570	22.09
		100.000	21.41

① 25℃；

② 30℃。

附表 8　不同温度下水对空气的表面张力

温度/℃	表面张力$\times 10^3 /\text{N·m}^{-1}$	温度/℃	表面张力$\times 10^3 /\text{N·m}^{-1}$	温度/℃	表面张力$\times 10^3 /\text{N·m}^{-1}$
0	75.64	18	73.05	28	71.50
5	74.92	19	72.90	29	71.35
10	74.22	20	72.75	30	71.18
11	74.07	21	72.59	35	70.38
12	73.93	22	72.44	40	69.56
13	73.78	23	72.28	45	68.74
14	73.64	24	72.13	50	67.91
15	73.49	25	71.97	60	66.18
16	73.34	26	71.82	80	62.60
17	73.19	27	71.66	100	58.90

参考文献

[1] 范文琴，王炜. 基础化学实验. 北京：中国铁道出版社，2007.

[2] 蒋月秀，龚福忠，李俊杰. 物理化学实验. 上海：华东理工大学出版社，2005.

[3] 罗士平，袁爱华. 基础化学实验（下）. 北京：化学工业出版社，2004.

[4] 韩喜江，张天云. 物理化学实验. 哈尔滨：哈尔滨工业大学出版社，2004.

[5] 夏海涛. 物理化学实验. 南京：南京大学出版社，2006.

[6] 郭子成，杨建一，罗青枝等. 物理化学实验. 北京：北京理工大学出版社，2005.

[7] 高职高专化学教材编写组. 物理化学实验. 第2版. 北京：高等教育出版社，2002.

[8] 王正烈，周亚平，李松林等. 物理化学. 北京：高等教育出版社，2001.

[9] 查全性. 电极过程动力学导论. 北京：科学出版社. 1987.

[10] 尹业平，王辉宪，王嘉讯等. 物理化学实验. 北京：科学出版社，2006.

[11] 刘延岳，王岩. 物理化学实验. 北京：中国纺织出版社，2006.

[12] 沈阳化工学院物理化学教研室. 物理化学实验. 大连：大连理工大学出版社，2006.

[13] 胡晓洪，刘戈路，梁舒萍. 北京：化学工业出版社，2007.

[14] 王玉峰，孙墨珑，张秀成. 物理化学实验. 哈尔滨：东北林业大学出版社，2006.

[15] 东北师范大学. 物理化学实验. 第2版. 北京：高等教育出版社. 2003.

[16] 昝菱，钟家圣. 无机材料学报，1999，14（2）：264～270.

[17] 朱永法，张莉. 物理化学学报，1999，15（9）：784～788.

[18] 陈海群，李英勇，朱俊武等. 无机化学学报，2004，20（3）：56～61.

[19] 南京桑力电子设备厂仪器说明书.